• 衛斯理小說典藏版 57 •

新之又新的序言，最新的

衛斯理小說從第一次出版至今，歷時已近半世紀，總共出了多少正版，還能計得清，若是連盜版一起算，那就算找外星人來算，也算勿清楚哉！不知能不能也算世界紀錄。

算得清好，算勿清也好，能幾十年來不斷出新版，說明不斷有讀者加入，對作者來說，沒有更值得高興的事了，謝謝所有喜歡衛斯理的人，謝謝謝謝。

倪匡

二〇二〇年六月四日 香港

幾句話

寫了四十多年小說，論者將拙作分為三個時期：早、中、晚。在明窗出版的一批，屬於早期和中期的上半。三個時期的創作風格有相當程度的不同，所以風評不一。本人並無偏愛，但讀友對早期的作品，頗有好評，大抵是由於在早、中期作品之中，主要人物精力充沛，活力無窮，所以使故事曲折多變，小說也就格外吸引。明窗出版社此次重新出版這批作品，正好讓大家來證明這一點。

四十餘年來，新舊讀友不絕，若因此而能有新讀友，不亦快哉！

二〇〇五年十一月六日

序言

《紅月亮》中的外星人，罩上寬大的白袍，套上頭罩，看起來外形和人差不多，其實，完全不是，形狀怪異莫名——同樣的描述，後來又用了一次，用在《盜墓》這個故事之中，所不同的是三個小外星人，可以淩空飛行，罩上一件白袍，儼然人類。

人穿衣服，衣服之下的身體，通常不為人所見，所以，許多醜惡，也能藉衣服來掩飾，這種情形，引伸到了文學語言上，就另有寓意，也就有了「衣冠禽獸」這樣的成語，意思是，衣服是外表，外表堂皇華麗，內在的污穢就被遮掩，不容易看出來。

然而，不容易看出來，不等於不可能看出來，掩飾得再巧妙，總有暴露的時候。

對於一切看來人模人樣的東西，小心一點，總是沒錯的。

衛斯理（倪匡）

一九八六年十一月廿八日凌晨一時二十五分

目錄

第一部

幾千人看到了紅月亮

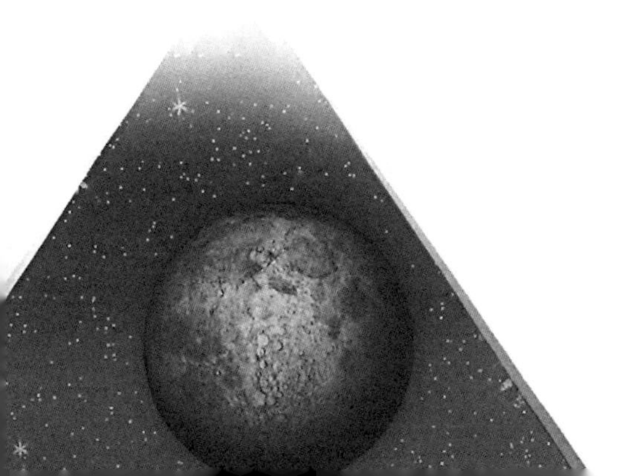

聽說過「異種情報處理局」這個機關麼？

這個機關的來頭不小，它是海、陸、空三軍聯合派員成立的，但是，當我來到了這個「異種情報處理局」門口的時候，我卻幾乎要笑了出來！

這來頭如此之大的「衙門」，原來只是一幢十分舊而且在牆上生滿了青苔的石屋，這所屋子，看來根本不是住人，而只是堆放雜物的，所以它可以說沒有什麼窗口，只有兩圓形的小洞。

而唯一看來十分神氣的那塊銅招牌，上面刻着：海陸空三軍總部直轄機構，異種情報處理局。但是招牌上已生滿銅綠了。

我早已知道這個所謂「異種情報處理局」，並不是熱「衙門」，而是一個十分冷門的機構，但是卻也想不到它門庭冷落到這種程度！

我之所以知道有這樣一個名稱古怪的機構，是我在夏威夷認識了巴圖之後的事情。

巴圖是一個十分有趣的人，我必須用最簡單的方法將他介紹一下。

他大約四十四歲，說他「大約」，是因為他自己也不知道他究竟多少歲，他自己是一個孤兒，被一個比利時的傳教士在中國東北呼倫貝爾盟科爾沁右翼中旗的草原上發現，帶回北平。

當時，草原上正發生過可怕的爭殺，屍橫遍野，然而巴圖卻一點也沒有受傷，那時他只有兩歲多，騎在一匹小駒子上，也沒有哭。那位比利時傳教士只學會了一句蒙古話，就是「巴圖」，巴圖者，英雄也，所以就替他取名巴圖。

後來，比利時傳教士回國，將巴圖也帶了去。從此之後，巴圖的經歷太精彩了：他在比利時讀過神學院，到過比屬剛果，參加過好幾方面的黑人叛亂軍，在連土人也視為畏途的剛果黑森林中，生活了一年之久。

後來，第二次世界大戰爆發，他在比利時和荷蘭做過地下軍，又曾成為法國抗納粹地下軍的一個相當重要的負責人。

他也曾參加正規軍，被俘後在集中營中，領導過一次大逃亡，在二次世界大戰的後期，他的年紀雖然還不大，但卻已是盟軍最出色的情報人員之一。

大戰結束後，他退役了，成立了一個私家偵探社。以他的學識、才能而論，他的私家偵探業務，應該蓬勃非常，壓過所有的偵探社才是的，可是運不如人，他的私家偵探社，卻是一點生意也沒有，他窮得幾乎要搶銀行（以他的能力，是一定可以搶成功的），以後才算是有了小小的轉機。

那轉機就是「異種情報處理局」成立了，兼任局長的是他在戰時的一個老上司，想到了他，才派他去擔任那個局的副局長。

他雖然是一個局的副局長，但是他的手下，卻只有一個女秘書（兼檔案管理員）和一個有着中尉銜的副官，這個副官兼了一切應該做的事情。

但好在這個局的經費相當充足，是以他無所事事，可以周遊世界，東逗留一個月，西逗留三個星期，倒也逍遙自在。

巴圖來到夏威夷，本來是只準備住上一個星期的，但是遇到了我，卻陪着我一連在夏威夷住了將近三個月。我並不是在自我吹噓，覺得自己有着吸引人的力量，我和巴圖之所以相處得那麼好，全是因為我們兩人有一個共通的特點之故。

這個特點便是：一切怪異的事情，在我們看來，全不是「不可能」的。

我們都一致認為，人類的科學是在極其可憐的萌芽時代，一切不可能、被認為荒謬的事，全是以現在的科學水平作為根據而出發的，這等於一個三歲孩子不知道雷是如何被發現一樣：也就是說，人類還太沒有資格去評論一切不可思議的事。

說起來，「異種情報處理局」所做的，也正是這一類事情。

所謂「異種情報」，並不是敵軍進攻、間諜活動、冷戰、熱戰這一類情報，這一類情報是熱門，而「異種情報」則是冷門。

所謂「異種情報」，是指一些還不明白究竟是什麼事的事，而經過了各方面的研究之後，仍然得不到什麼結論的事，交給「異種情報處理局」去處理。

舉例來說，某地上空忽然有不明的發光物體在空中飛過，有人目擊。自然，目擊者先去報告警方。由於發光物體是在空中發現的，警方自然將一切轉報告給空軍當局。

空軍當局，便對這件事進行研究。

如果空軍當局研究不出名堂來，那麼，這件事，便會移交給「異種情報處理局」。

照這樣說來，「異種情報處理局」的工作，應該是十分之繁忙的了。

然而，當我向巴圖問到了這一個問題時，巴圖卻嘆了一口氣，搖了搖頭。原來事情和我想像的完全不同，因為，任何方面，明明接到了他們所弄不懂的問題，但是卻也不肯認自己不懂，偏偏要不懂裝懂，想當然地作出結論，那麼，檔案有了結論，自然輪不到巴圖來工作了。

所以，這個局的「生意」十分清淡。清淡到了這個局的唯一實際負責人可以陪我在夏威夷的海灘上，一起拾取各種各樣的貝殼和天南地北地閒談，一陪就是三個月的程度！

巴圖生性十分坦率，我們相識後不久，他就將有關他自己的一切全都和我講了，我自然也不是「逢人只說三分話」的人，所以我們很快成了知己，我們約定，有什麼奇怪的事情，一定互通聲氣，大家研究。

他比我先離開夏威夷，在他離開後一個月，就在我也準備離開的前夕，我接到了他的一封電報：「要看紅月亮麼？請速來我處，巴圖。」

我不明白這封電報是什麼意思，因之拍了一封回電：請進一步說明。

他的回電來了：「速來我處，不可猶豫！」

當我接到他第二封電報之際，正是夜晚，我探頭向窗外看去，窗外皓月當空，我連眨了幾下眼睛，月亮仍然是銀白色的。

月亮自古以來就是銀白色的，紅色和月亮連在一起，只怕還以巴圖的那封電報為首次！

我不知道巴圖在發什麼神經。但是老實說，就算沒有這封電報，我也想去看看巴圖了，因為他這個人實在太有趣，而且經歷也太豐富了。

我十分懷念我和他兩人，在海灘上，各自談及自己的經歷，往往通宵達旦，而毫無倦意的情形，所以我不再推託他，只是回電道：「即來。」

於是，在若干小時之後，我來到了那幢石屋面前。

如果不是門口有着那樣一塊銅招牌的話，我一定以為找錯了。

本來，我以為就算巴圖的「衙門」再冷門，至少也設在國防部大廈中，佔兩間極豪華的辦公室才是的，卻原來是這個樣子！

我來到了門口，咳嗽了兩聲，揚聲道：「有人麼？」

裏面傳來了巴圖的聲音：「快進來！你終於來了，快進來。」

我推門進去，那門在被推開之間，竟然發出了「碰」地一聲，我不禁嘆息了一聲，心中暗暗為我出色的朋友巴圖抱屈。

推開門之後，是一個走廊，那走廊大約有二十呎長，走廊的盡頭是後門，後門開着，一個穿着中尉軍服的年輕人正在用花灑淋花。

我知道這個年輕的中尉，一定便是那「異種情報處理局」的三個工作人員之一。

我向他揚了揚手，他也看到我，他用一種十分奇怪的眼光望着我，像是奇怪何以會有人光臨到這樣一個不受人注意的機關來。

我來到了走廊中，在走廊的兩旁，各有兩扇門，也就是說，那石屋共有四間房間，我不知道巴圖在哪一間房間之中，是以大聲問道：「巴圖，你在什麼地方？」

我立時聽到一扇房門的打開聲，一個滿頭火也似的紅髮妙齡女郎打開門，探出頭來，她的口中銜着一支鉛筆，她臉上的神情，同樣的奇怪。

我向她點頭為禮：「我找巴圖。」

她戲劇化地叫了一聲：「哦，我明白，你一定就是這幾天來他不斷提起的那個中國人。」

我還未曾再和她交談，「碰」地一聲，另一扇門打了開來，巴圖的聲音也傳了出來，他大聲叫道：「衛斯理，快進來！」

我向這位美麗的紅髮女秘書作了抱歉的一笑，轉身走進了巴圖的房間中。

我才走了進去，又不禁嘆了一口氣，這哪裏算是一間辦公室！

老實說，最凌亂的雜物室，也比他的辦公室要整齊得多。

那間房間，大約有兩百平方呎，但是可以活動的空間，大約只有三十呎。其他的所有地方，全被莫名其妙的舊報紙、紙箱和木箱以及不知多少大包小包的各種包裹所堆滿了。

而放在房中間的那張書桌上，也是雜亂無比，有許多自夏威夷海灘撿來的貝殼，堆在一角，散發出一陣極其觸鼻的腥味。

而在另一角上，則是幾盆盆栽，那是一種極其醜惡的植物，連我也叫不出那是什麼東西來。

在書桌的中部，則是許多打開了和未曾打開的文件夾，巴圖本人呢，穿着一件相信至少已有四天未曾洗的白襯衫，頭髮凌亂，鬍子長約半寸，真難相信他就是在夏威夷第一流酒店中的那個衣飾華麗、風采過人的那個中年紳士巴圖！

我勉強走進了幾步，聳了聳肩：「我有點不明白，我在什麼地方？」

「你是說我這裏不像辦公室？」

「簡直不是辦公室，巴圖！」

巴圖像是十分委屈道：「你怎麼也以為一間辦公室一定要有條不紊的？你要知道，我所處理的事情，是異種情報，與眾不同的啊！」

他看到我沒有什麼反應，便走開了一步，順手拾起一個用一張報紙包着的包裹來，裏面是一塊石頭。

他將石頭拋了拋：「你看，這是一塊普通的石頭，是不是？但是有兩個十二歲的男童，卻發誓說他們聽到這塊石頭發出一種奇怪的呻吟聲，所以這塊石頭便到了陸軍部的手中，但是在一個月之後，又被認作該由我處理，而轉到我這裏來了，我應該怎樣？用一個小巧的水晶盒子將它放起來？」

「好了！」我打斷了他的話，「我不是為了石頭來的，你所謂紅月亮，是怎麼一回事？」

「別心急，朋友，坐下來再說！」

真難為他說「坐下來再說」，因為整個房間中，除了他書桌之前的那張椅子之外，並沒有別的椅子。而那唯一的椅子，我在看了一眼之後，也認為它作為木虱的住宅更適宜一些！

我的面色一定不十分好看了，是以巴圖帶着笑，將那張唯一的椅子，向我推了過來，他自己則坐到了一大堆報紙之上。

我們總算坐定，巴圖又問道：「喝點什麼？威士忌？」

我連忙搖頭：「不必了！不必了！」

我怕在這樣的情形下，根本拿不出什麼酒來，而且更可能他拿出來的酒杯，是沾滿了灰塵的，所以我連忙拒絕了他的好意。

卻不料巴圖對我笑了笑，拉開了一隻抽屜，那抽屜中有好幾瓶酒，巴圖拿了一瓶出來，那是一隻墨綠色的瓷瓶，瓷瓶是放在一隻同色的絲絨袋之中的，我不禁「噓」地吹了一下口哨。

因為那是一瓶很好的威士忌，凡是好酒者都知道的：整間房間中，只有這一瓶酒，才和巴圖的身分相配。

他又取出兩隻杯子，我和他乾了小半杯威士忌之後，情緒已好了許多：「好了，現在我們可以談談紅月亮的事了。」

「如果你有興趣，」他指着桌上的許多文件，「我認為你應該先看看這些。」

我搖了搖頭，道：「還是你說的好。」

我並不是不想詳細地了解這件事，而是因為我看到那些文件，大多數是西班牙文的。我的西班牙文不算流利，要看那麼多文件，自然是相當吃力的事情，是以就不如聽巴圖來叙述了。

巴圖道：「好的，事情是發生在西班牙南部，一個叫作蒂卡隆的小鎮中的。」

我不等他講下去，便道：「巴圖，你第一句話，就十分不通了！」

巴圖瞪着眼望定了我，我道：「你要向我說的事是紅月亮，紅色的月亮。

月亮只有一個，如果有一天月亮變成紅色了，那便是整個地球的事情，怎可以稱之為事情發生在西班牙的一個小鎮上？」

巴圖向我笑了笑：「叫你別心急，你偏偏又急不及待了，你聽我講下去，好不好？」

我反而給他駁得無話可說了，只得沒好氣地道：「好，你說吧，那個蒂卡隆鎮是怎麼樣的？」

「這個鎮上，大約有三千居民，這是一個有着悠久文化歷史的地方，別小看它只有三千居民，可是有很多學者在內，那一天……正確地說是八月二十四日，晚上十時二十七分，鎮上所有的人都被一個現象嚇呆了。」

巴圖講到這裏，停了一停。

由於我剛才碰了他一個釘子，所以這時，也停了下來，想讓我發問，我只是翻了翻眼睛，並不出聲。

巴圖自顧自笑了一下：「這個現象，如果叫你和我遇上了，也會嚇呆的，原來他們看到，他們頭頂上的月亮成了鮮紅色！」

我坐直了身子，表示用心傾聽。

巴圖續道：「紅到什麼程度呢？報告書上記錄着許多人的形容，但我認為是一個作家的形容最生動，這個親眼看到了紅月亮的作家道：『月亮突然成了紅色，紅中泛着光芒，它是那樣地紅，使我們以為懸在天上的不是月亮，而是才從人體中跳出來的心！』你看，毫無疑問，那是鮮紅色了吧！」

我再將身子坐直了些，因為這的確是一件十分離奇的事，千萬年來，月球反射出來的光芒，都是柔和的銀白色，它怎麼會成為紅色的？

而且，如果真的因為月球上的什麼礦物質起了變化，而使日光的反射，起了紅色的光芒，那麼，就應該是全世界的人，都看到在他們頭上的，是一個紅通通的月亮，又何以只有西班牙沿海的一個鎮上的人看得到呢？

我問道：「有多少人看到了紅色的月亮？月亮呈鮮紅色，約莫維持了多久？」

巴圖翻着報告，道：「有三千四百四十六人，是鎮上人數的百分之九十二，還有百分之八的人，因為是不會説話的兒童，就算他們也看到了紅月亮，他們也無法接受訪問。」

巴圖望着我，看我還有什麼疑問。

「調查工作是由什麼組織進行的？」我問。

「是由當地省份的警方進行第一次調查，其間又經過西班牙全國性科學衛生組織的調查，最後進行調查的是歐美亞三洲共同防衛組織，那是一個十分龐大的洲際軍事機構，然後，才轉到異種情報處理局來。最後一次，出動調查的人數多到兩百多人！」

我又道：「紅月亮出現了多少時候，以後有沒有再出現過？」

「正確的時間是七分二十一秒，因為目擊者實在太多，而且有很多都是信譽昭著的學者，那實在是一種毋庸懷疑的事情，所以引起了很多組織的注意。自那件事情之後到如今，這個鎮的人口增加了四百多名，都全是住在該鎮，希望能看到一次紅月亮，但是直到如今為止，這些人都失望了。」巴圖說。

我緩緩地點着頭：「照說這件事已經引起了那麼廣泛的注意，一定已有了不少結論了？」

「有很多説法。有的人認為這個鎮上的人，起了集體的錯覺，有人認為是某一種因素，使鎮上的人受了集體的催眠，也有人説，一定是有一片鮮紅色的雲，在那時遮住了月亮，但是提出這個説法的人，卻無法解釋雲何以能成鮮紅色！」

我不耐煩地搖了搖手：「這樣的解釋，我也可以不假思索地提出好幾個來：可能是一股旋風，將紅土高原上的紅土颳了起來，剛好來到小鎮的上空，形成了一片紅色的障礙；也可以説，是北極光經過雲層奇妙的反射，來到了這小鎮的上空——這全是『可能』，而不是一個定論！」

「對了！對了！」巴圖大點其頭，「請你不要忘記，如果已有了定論，事情也不會推到我這裏來了！」

我笑了起來：「好，那你準備怎麼樣？」

我一面說着，一面身子向後傾斜着，翹起椅子來。卻不料那張椅子實在太古老了，我向後一翹，「啪」地一聲，椅腿斷了下來，我身子一閃，幾乎跌倒，伸手在桌上一扶，卻將一瓶藍墨水打翻了。

桌上是滿放着報告書的，藍墨水一打翻，報告書自然全被弄污了，我不禁有點尷尬：「巴圖，快來搶救這些文件！」

巴圖的搶救方法，也真特別之極，他將桌子的文件，用力地團成一團，塞進了字紙簍中，然後，他才抬起頭來：「你剛才問我準備怎樣？我就準備這樣。」

我覺得十分驚訝：「準備置之不理？」

「當然不是，我的意思是，這件事，我們要親身去作調查，而不可受以前所有調查報告的影響！」

我「嗯」地一聲：「我們？」

巴圖戲劇化地攤開了手：「你不會拒絕我的邀請吧？在我發電報給你的同時，我已向上級打了一個報告，要請一個臨時的幫手，並且開出了經費的預算，經費極其充分，朋友，你不想到優美的西班牙濱海小鎮上，去度假也似地走一遭麼？」

巴圖立即將我說服了，我沒有再提抗議，若干時日之後，我再想起巴圖「度假也似地走一遭」那句話，實在是有苦笑的份兒，但那已是以後的事了。

巴圖得意地笑了起來，在我的肩頭上大力拍着，道：「好的，那我們立即就動身！」

我忙搖頭道：「不行，你先去，我是接到了你的電報之後立即就來的，我必須先回家去轉一轉，然後再和你在西班牙會合。」

巴圖是知道我家情形的，他自然知道我和白素之間的感情，是以他並不攔阻我，只是道：「好，我們直接在那個小鎮上會面，我將住在那鎮上唯一的酒店之內，你來找我。」

他同時給了我一份西班牙的地圖，指明蒂卡隆鎮的所在。然後，我們撇開了「紅月亮」那件事不談，他又介紹了幾件懸案，希望在「紅月亮」的事情調查清楚之後，再協助他處理那幾件不可能解釋的奇案，我自然一口答允。

當晚，在叨擾了他一餐極其豐盛的晚餐之後，我又上了飛機。

發了電報，吩咐白素在機場上接我，當我終於下了飛機的時候，我看到白素向我飛奔了過來，我們緊握住了手，互相對視着。

那天晚上，我和她一起坐在陽台上，月色很皎潔，白素忽然道：「你能相信，月亮竟會變成紅色的麼？」

我陡地一愣：「什麼？你看到過月亮成了紅色？」

「當然不是我，你一定好幾個月未曾看報紙了，西班牙的一個小鎮，在一個晚上，全鎮的人都看到月亮變紅色！」

由於怕白素責怪我在離開夏威夷之後不立即趕回來和她相會，因之我和巴圖相會的那件事，我一直隱瞞着未曾告訴她。

這時，白素倒又提起這件事來，我想了一想：「這件事，我當然知道，而且，我已經接受了異種情報處理局的邀請，準備去調查這件事！」

白素低下頭去，過了好一會，才道：「那麼，我們又要分離了？」

我握住她的手：「你可以一起去。」

白素笑了一下：「除非那個什麼情報局也邀請我去工作，不然，我算什麼呢？你什麼時候走？」

「唉！」我嘆了一聲，「照說，明天一早應該去，但是我想，再遲幾天也不要緊。」

白素伸手指着我的鼻尖：「你說得嘴硬，其實啊，只要月亮上出現一個紅點，你就可以連老婆都不要，趕着去查個究竟了，何況現在是整個月亮都變成了紅色，你還有心情陪我麼？」

我張開了雙手：「那真太冤枉了！」

白素笑道：「冤枉？我問你，你離開夏威夷之後，曾到哪裏去來？」

「我……我去看一個朋友，他就是那個情報局的副局長，你怎麼知道的。」

「你發來的那封電報，是什麼地方發來的？可是在夏威夷回家途中經得過的地方？自己露了大破綻，還不知道。」白素得意地笑了起來，「你啊，想要有事瞞我，道行還不夠！」

在這樣的情形下，我除了傻笑之外，實在也沒有別的事可做了。

為了不想給白素料中，我故意遲了七天，等到白素將我硬推往機場時，我已較巴圖遲了七天了。

巴圖是知道我的住址，他自然也早已到了那個小鎮，一定也在展開調查工作，我奇怪何以他竟不來催我！

飛機在馬德里降落，我租了一輛汽車，依據地圖的指示，直向蒂卡隆駛去。西班牙的風物極其迷人，那的確是十分愉快的旅行。

一直到達蒂卡隆鎮之前，我的心情都十分愉快，遺憾的只是白素未和我一起來而已。

可是，在我到達了那唯一的酒店之後，我卻有點不怎麼高興了。

我在櫃上一問，巴圖是八天之前到達的，而在五天之前，他離開了酒店，離開酒店時，留下了一封信交給我。

酒店的生意十分好，房間住滿了，我和巴圖同一個房間，巴圖也對酒店的經理說，我隨時會來，房間一定要留着。

第二部 海邊遇襲

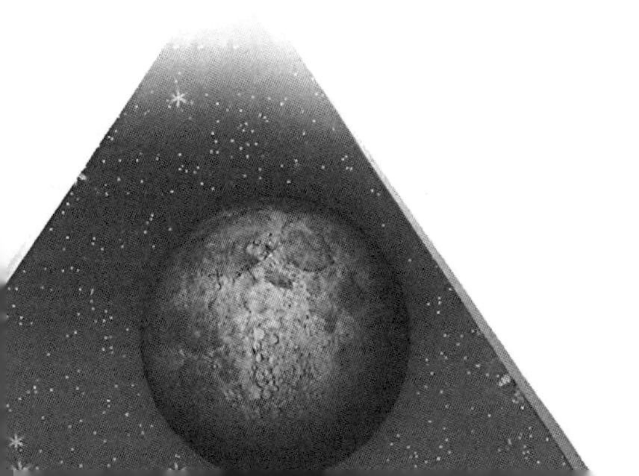

房間的確留着，我可以有住宿的地方，可是，酒店經理千抱歉萬抱歉，說是巴圖先生交給他的那封信，明明鎖在保險箱之中，可是在兩天之前不見了。

明知有一封信，而這一封信又看不到，這無疑是一件十分令人懊喪的事情。而且，巴圖離開酒店，已有五天，未曾回來，這當然顯示出事情十分不尋常，這種不尋常的事情，在那封信中，可能都有交代的，但如今這封信，卻不見了！

我十分不高興地向那經理道：「你們時時這樣對付顧客的委託？」

那經理顯得十分之尷尬：「不，不，當然不！這件事我們表示十二萬分的歉意，而且……敝店已經報告本地警方，探長已來查過好幾次……啊，再巧也沒有，史萬探長來了！」經理將頭直探了出去，我轉過身望去，看到一個穿着警官制服的大胖子，慢慢地走了進來，那位探長雖然在走路，可是看他臉上的神情，卻全然是一副熟睡的樣子。

我不禁嘆了一口氣，指望這樣的探長會找出巴圖的信來，那簡直是不可能的事！

我立時轉過頭來：「好了，信失了就算了，你派人帶我到我的房間中去！」

「是！是！」經理連忙答應着，伸手招來一個侍役，幫我提了行李箱，由一架古老的電梯，將我送上了三樓，在三二六號房間前面，停了下來。

侍役打開了門，我走了進去。那是一間十分美麗的雙人房，一邊的落地長窗，通向陽台，可以看到許多美麗得如同圖畫一樣的小平房。

我給了小帳，侍役退了出去，我站在房子的中央。

從我知道巴圖有一封信給我，而我又未曾收到，他又一去五天沒有回來，這種事情之後，我已經感到，這個在外表看來，如此平靜寧靜的小鎮，其中實在蘊藏着極其神秘、極其兇險的事！

我在房中央站了一回，然後，轉過身來，看到了那兩張單人牀。左面的那張牀上，有一條紅黑相間的領帶，這條意大利絲領帶，我一看就看出是巴圖的。

那麼，右面的那張牀，當然是我的了。

我走向牀前，拿起枕頭來，用力拍了拍，那是我上牀時的習慣，我才拍了兩下，忽然「唰」地一聲，自枕頭套中，跌出了一張紙來。

我連忙拾起了那張紙，只見紙上寫着兩行字：「已留一信，你可能收不到，小心，記得，千萬要小心，千萬！我去海邊巖洞。」

那種粗而亂飛亂舞的字迹，正是巴圖的字，我連忙將那張紙團揉皺，同時，我的心中，不禁升起了團團疑雲，這張紙何以會在枕頭套中的？

這個問題看來是多餘的，因為既然是巴圖的字迹，那麼當然是巴圖留在枕頭套中的了。

但是，連巴圖交給旅館經理，經理鎖在酒店保險箱中的那封信，也已經不見了，何以這張紙反可以留下來呢？侍者是每天都要進來收拾房間的，何以會未曾發現那張紙？

而巴圖又如此千叮萬囑地叫我小心，這究竟又是什麼意思呢？

我亟欲知道詳細的情形，和更想知道巴圖是不是還有別的信留在房間中給我，我開始仔細地檢查，巴圖的東西全在，還有許多工具，我一看便發出會心的微笑，那是林林總總的間諜工具和秘密武器。

看來這些東西都十分完整，沒有缺少。我感到我如今的當務之急，便是先要設法和巴圖會面！

所以，我決定立即到「海邊的巖洞」去，我在巴圖的工具箱中，揀了幾件適用的工具，帶在身邊，正準備離去時，忽然有人敲門。

而且，那敲門的人，顯然是一個又懶又不懂禮貌的傢伙，因為他只敲了兩下，根本不等我答應，便已將門推了開來了。

我一隻手插在袋中，我在袋中的手，緊握了一柄十分小巧的手槍。

可是，當門被推開之後，我的手卻從袋中拿了出來，因為我已看到，站在門口的龐然大物，不是別人，正是史萬探長！

史萬探長肥得幾乎張不開來的眼，微微張了一張：「歡迎我來拜訪麼？」

我冷冷地道：「我不歡迎，你也來了！」

這肥傢伙大搖大擺地走了進來：「是啊，不歡迎，也來了。事實上，是很少人會歡迎我的，嘿嘿，我的職業是偵探，這是一個討人厭的職業，是不是？嘿嘿，嘿嘿！」

史萬探長不但不斷地討厭的笑着，而且還老實不客氣地在沙發上坐了下來，我冷冷地望了他一眼，道：「你喜歡在這裏坐，只管坐，我要出去了。」

「你不能出去，」他揚起了肥手，「護照，先生，我有權檢查。」

我只是冷冷地道：「噢，原來如此，我不知你有那麼大的權力。但是，我仍然懷疑，你的地位是不是高到知道有這樣一種證件！」

我伸手入袋，將國際警方發給我的那種證件，取了出來，在他的面前揚了揚。

獲得這種證件的人並不多，每一份這樣的證件之上，都有着七十幾個國家警察首長的親筆簽名，持有這種證件的人，在七十幾個國家之中，可以取得行動上的種種便利。但是有一點，只有職務相當高的警務人員，才知道有這種證件的存在。

胖子眨了眨眼睛，我無法判斷他是真的不知道，還是假的不知道，他只是懶洋洋地道：「你手中拿的是什麼，我知道那不是護照！」

我收起了那份證件，冷笑道：「你認不出這份證件來歷？那麼，去叫你的上司來，你的上司再認不出，去叫你上司的上司來！」

一般說來，我這樣的講法，是足可以將對方嚇倒了的，可是，史萬探長在外表看來，雖然肥胖昏庸，但實際上，他卻是一個固執而不容易對付的人物，他絕不被我的話所嚇窒，仍然堅持道：「護照，先生，如果你拒絕，我有權逮捕你！」

我望了他半晌，終於將護照取了出來，交給他，因為我急於去尋找巴圖，我不想和這個大胖子再作無謂的糾纏，浪費時間。

史萬探長接到了護照，打了開來，望了一眼：「嗯，你叫衛斯理？」

我沒好氣道：「上面寫得很清楚！」

他又看了一會，將我的護照合了起來，但是卻不交還我，而放入他的口袋之中：「你的護照，須要保管在警局中。」

我陡地一愣，道：「為什麼？」

他彈了彈眼睛：「不為什麼，我認為有此必要！」

我實在忍無可忍了，我的拳頭已揚了起來！

就在我的拳頭想向他至少打了三個肥摺的下頦擊去的時候，我忽然想起了巴圖的警告：小心，千萬小心！

這肥探長的一切舉動都蠻不講理，他似乎在故意激我怒，要叫我出手打他。

我如果出手打了他，那會有什麼結果呢？毆打警務人員，當然犯了法，就算終於可以沒有事，也必然吃了很多眼前虧了！

我一想到這裏，立時改變了主意，揚起的手，放了下來：「好吧，那麼，我什麼時候，可以取回我的護照，探長先生？」

史萬的胖臉上，現出了十分驚訝的神色來，似乎是奇怪我何以竟能忍受得下去。

他用我的護照輕輕地在手上拍着：「等我認為可以還給你的時候。還有，你每天必須到警局來報到一次。」

我既然已打定主意不發脾氣，那麼，他再說出荒唐一些的話來激怒我，我也是絕不會發火的了，我向他笑了笑：「好啊，看來我不像是遊客，倒像是一個疑犯。」

當我這樣講的時候，我的心中，的確是十分高興的。

因為這胖傢伙既然這樣子來對付我，當然他是有目的的，而我才來到這個小鎮之上，巴圖又消失蹤迹，有五天之久，看來他的處境不會太妙，我可以說是茫無頭緒，一點線索也沒有！

胖傢伙既然執意與我為難，那是他自己送上門來，成為我行事的線索了，我怎會不喜？

胖傢伙臉上的神色更奇怪了，他仍然瞪着我，又道：「你每天報到的時間，是早晨七點鐘，那是我們開始辦公的時候。」

「好啊，那對我正適合，我是習慣早起的。」

胖傢伙暫時無計可施了，他站了起來，我真懷疑一個人的兩條腿，究竟可以支持多重的分量，因為那胖傢伙看來，至少在三百磅以上。

他向門口走去，在門口停了一停，轉過頭來：「再見！」

我向他笑着：「你小心走。」

他也回報我一個十分難看的笑容，然後，走了開去，我在他走了之後一分鐘內，仍然呆立在房內。

這時候，我的心中很亂，雖然，這個胖傢伙是我唯一的線索，但是如今我卻處在不利的地位，我幾乎可以肯定，如果我出去，我一定會受跟蹤。

本來，擺脫跟蹤，那是我的拿手好戲，可是也是要有條件的，條件就是必須我所在的地方是我所熟悉的，而不是像現在那樣地人生地疏。

我這時當然還不知道為什麼胖傢伙要跟蹤我，我也不知道胖傢伙究竟是什麼身分，但是無論如何，被人跟蹤，總不是一件愉快的事。

我要不被人跟蹤，唯一的可能，便是不從房門出去。所以，我在考慮片刻之後，便去將門關上，然後，我利用巴圖的東西，化裝起來。

巴圖顯然也曾化裝過的，因為他留下了許多當地人的服裝在，而我在一路駛車進鎮來的時候，也已經留意到了當地人最普通的服裝。

我用一種特殊的藥水，使我的頭髮變得鬈曲，又用一隻極其精巧的鋼絲夾子，使我的眼睛看來變得大些，然後用軟膠加高鼻子，再塗黑我的皮膚。

那樣，使我看來，十足是一個西班牙沿海小鎮上的普通人了。

然後，我推開了浴室的窗子。

浴室的窗子後面，是一條巷子，那巷子十分冷僻，我輕而易舉地從窗口中穿了出去，並且順着水管向下爬去，我的動作必須迅速，愈是迅速我被人發現的機會，便愈是少。

我在離地還有八九呎的時候，雙手一鬆，身子一曲，人便已落下地去。當我落下地、站起身來之際，巷中有一個大約四歲大、梳着兩條粗辮的小女孩，正睜大了眼睛望着我。

我將手指放在唇上，示意她不要出聲，一奔出了巷子，我便放慢了腳步。因為這個小鎮的生活太悠閒了，如果我現出了匆忙的神色，那是很容易露出破綻來的。

本來，我還想偷進酒店去，和胖傢伙或是他的同伙去開一個玩笑的。但是我卻立即打消了這個念頭，因為這時，一切都沒有把握，還是不要再節外生枝，替自己找麻煩的好。

我在一家麵食店中，買了一捲夾腸麵包，一面啃着，而且，有女人走過，便目不轉睛地望着她們，這樣使我看來更像是當地人。

我在走出了幾十碼之後，已可以肯定在我的身後，絕沒有人在跟蹤我了，我更加放心，十五分鐘之後，我來到了海邊。

巴圖曾説，這個鎮雖小，但是卻十分有文化，而且是一個歷史悠久的地方，我來到了海邊，更證明巴圖的説法是對的。

海邊是一個海灣，在海灣的兩面，全是嵯峨的峭壁，而在峭壁之上，我數了一數，一共有七個古堡之多，那七座古堡的建築，都極其宏偉。

在數百年之前，西班牙海軍的全盛時代，這個小鎮可能是一個十分重要的海軍基地，但現在，西班牙當然沒落了，它是一個無足輕重的國家，誰想得到它曾經稱雄世界？這時，海邊的風很緊，浪花湧上巖石，在漆黑的巖石上，滾動着白得耀眼的浪花。

我向兩旁的峭壁看去，看到峭壁之下，有不少巖洞，巖洞和巖洞之間，看來相互是通的。

我來回地在海邊踱着步，心中在迅速地轉着念，我設想巴圖是在到了這裏的兩天之後，發現了什麼，才到海邊的巖洞中去了。

然而這一去，他去了五天，影蹤全無！

如今，我也在海邊了。如果巴圖已經有了什麼不測的話，我又是不是會步他的後塵呢？

恰好在這時，一股十分凌厲的海風吹了過來，我縮了縮身子，我決定先向左走去，我一直來到了海灣的盡頭，開始攀上了巖石。

峭壁上沒有路，但是凸出的巖石，卻可以供我立足，使我背貼着峭壁，打橫移動，我這樣移動了約有二十碼左右，忽然聽得我的上面，有人叫我：「喂，你在幹什麼？」

叫我的人講的是西班牙語，我的西班牙語不十分好，但是總還可以應付幾句，我抬頭向上看去，只見在我上面約有二十呎處，峭壁上有一個凹槽，那個凹槽，恰好可以十分舒服地坐一個人。

一個中年人就坐在裏面，我向他揚了揚手：「你別管我的閒事，也別講給別人聽！」

我故作神秘地向他擠了擠眼，又哼起一首著名的西班牙情歌來。我企圖造成一種印象，我是到那些巖洞中去會佳人的。

可是我的一切做作，看來全都白費了，那中年人又道：「你不是鎮上的人，你是誰？」

我呆了一呆，這傢伙的口氣如此肯定，看來我是難以再做作下去的了。

我沒好氣地問道：「喂，好管閒事的，你又是誰？」

那人「哈哈」地笑了起來：道：「你連我也不認識，那就絕不是蒂卡隆鎮上的人，聽我的命令，回到海灘上去，快！」

他在講到「快」字的時候，已抓起了一支大號的鳥槍，對準了我。

他和我之間的距離並不十分遠，而這支大號鳥槍如果發射的話，我縱使不死，也必然遍體鱗傷了，那絕不是我所喜歡的事。

我連忙揚起手來：「嗨，這是怎麼一回事？」

那人冷冷地道：「你回到海灘去，不然我就發射。」

我大聲道：「為什麼？難道我不能到那裏的峭壁之下的巖洞中去麼？有人

在那裏等我！」

那人用一種十分難聽的聲音，笑了起來：「或者會有人在那裏等你，但是那等你的人，一定是只剩下白骨。」

我不明白他這樣說是什麼意思，但是我總可以知道，這個人坐在這裏，一定是擔任着一項什麼任務的，多半他是在這裏戒備着，不讓別人走過去。

愈是這裏有人戒備着，便愈是表示着前面有着不可告人的事，我也非要過去不可。

再和這個人糾纏下去，是沒有意義的，而且是對我不利的，所以我揚起了手來，「好，好，我退回去就是了，你別着急！」

我一面說退回去，一面身子一轉。

而就在我一轉身之際，我的手一緊，一支有着強烈麻醉劑的針，已在一個特殊裝置之中，激射而出，在那傢伙還不明白究竟是怎麼一回事間，那枚毒針已然刺中了他的手腕，他手一鬆，那支大號鳥槍向下跌了下來。

我一伸手，將那支鳥槍接住，一秒鐘之內，麻醉劑的藥力發作，他會在峭壁之上的那個凹槽中「睡」上六小時。

剛準備將手中的那支大號鳥槍拋向海中的時候，突然，在鳥槍的槍柄上，發出了一陣「滴滴」聲來。

那種聲音十分低微，但是聽來十分清晰，這種聲音對我來說，絕不陌生，因為那是無線電對話機通知對方有人講話的聲音。

我低頭一看，同時伸手在槍柄上一拍，「啪」地一聲響，槍柄上有一個小蓋彈了開來，隱藏在槍柄中的一具小型無線電對講機，也顯露出來。

我呆了一呆，才伸手在一個掣上，按了一下，我立時聽到了一個清脆的女性聲音：「三十四號，例行報告，作例行報告。」

我又呆了一呆，才道：「一切平安。」

我並不知道「例行報告」是什麼意思，也不知道我應該怎樣說才好，所以，姑且說上一句「一切平安」。

等我講了之後，那邊發出了「嗯」地一聲，接着，便是「卡」地一聲，似乎她對我的回答，表示滿意。

我獲得了重要的線索！知道在如此平靜的一個小鎮中，竟有着一個龐大的組織在！

那毫無疑問是一個極其龐大的組織，那中了麻醉針的人，乃是「三十四號」，就算他是最後一個，也說明了這個組織，派在外面，和他同樣的瞭望者，至少也有三四十名之多！

那是一個什麼性質的組織呢？走私黨？假鈔集團？販毒組織？

這個組織的存在，已被我無意之中發現了，我應該怎麼辦？繼續偵查下去？是知會當地警方？還是完全置之不理！

一想到「我應該怎麼辦」這一點的時候，心中才陡地一動，奇怪為什麼在事情一開始的時候，竟未曾想到事情可能和「紅月亮」有關！

我手中仍持着這柄鳥槍，當我一想到我所獲得的線索和我來此的目的可能有關之際，我的身子又震了一震，同時，我又向那柄鳥槍多望了幾眼。

我可以說是自古至今，各種各樣的武器專家，是以當我向那柄鳥槍多望了幾眼之後，我立即發現這柄並不是鳥槍！

它有着鳥槍的外形，但實際上，那是一柄射程極遠、殺傷力極強的火箭槍！

為了證明我的觀察正確，我推上了一個掣，向着大海，扣動了槍機。

「噓」地一聲響，一枚六吋來長的小火箭，以極高的速度，向前射出，足飛出了三百多碼，才呈拋物線而落入海中，緊接着「轟」地一聲響，火箭在海水中爆炸，湧起了幾股老粗的海水。

火箭槍的後座力也相當大，令得我的身子猛地向後撞去，肩頭撞在岩石上，好不疼痛。

這一個意外的發現，更令得我吃驚。

這種槍械是最新型的，我只知道有手槍型的火箭槍，至於鳥槍型的，我還是第一次看到！

我心知事情的不平常程度，一定遠在我所能想像之上！

我將那柄槍也拋進了海中，然後，我沿着峭壁慢慢地向前走去。這時，我已握了我自己的武器在手，那是一柄可以發射十八枚麻醉針的槍，剛才我已用過了一枚，這是十分好的武器，因為它發射之際，幾乎沒有聲音。

十分鐘之後，我接近一個巖洞。

我背貼着巖洞的邊緣，仔細地聽着。

除了海水沖進巖洞時那種洶湧空洞的聲音外，聽不到什麼別的聲音。

我由巖洞的邊上，轉到了洞口，向內一跳，然後又斜跑出了幾步，使我在進了巖洞之後，身子緊貼着石壁。

但是，我立即發覺，我這一連串動作全是多餘的；因為這個巖洞中，根本沒有人！

那巖洞相當深，但是我卻沒有法子再向前去，因為巖洞裏面全是海水，海水從狹口中流進來，在裏面，形成了一個十分大的水潭。

由於巖洞中光線黑暗的緣故，是以那個大水潭，看來十分黝黑，極其神秘。

我看了片刻，肯定裏面沒有人了，才退了出來，我躍過了約有五呎寬的空間，繼續前進，不久，又到了第二個巖洞的洞口旁邊。

我仍然用十分小心的動作，掠進洞去，可是，那個巖洞一樣是空的。

在接下來的三個小時中，我走進了二十七個巖洞，我已遠離那小鎮至少有五哩之遙了。

巖洞多姿多彩，有的狹而深，有的廣而圓，有的生滿了倒掛的鐘乳石，有的黑得幾乎伸手不見五指，但是我的目的，不是尋幽探秘，我是來找人的！

而我未曾見到任何一個人！

峭壁已漸漸地變為平坦，前面，又是一大片沙灘，我來到了沙灘上，那三個小時之中，我跳來跳去，神情緊張，可是一無所獲，來到了沙灘上之後，我實在感到十分疲倦。

沙灘上的沙潔白而細，不少人在享受日光，離海灘不遠處的公路邊上，停着幾輛相當名貴的大汽車。

我還看到，在公路邊上，有兩家小吃店，我需要休息一下，是以我向那兩家小吃店中的一家走去，我推開了門，店內十分空，一個胖女人滿臉笑容地向我迎了過來，口中嘰嘰咕咕，也不知道她在講些什麼。

我坐了下來，舒展了一下身子，那胖女人道：「啤酒，看你的樣子，就知道你需要啤酒！」

我實在不想她再來煩我，啤酒就啤酒好了，是以我點了點頭，揮手令她走開。

可是我卻未曾想到，拿啤酒來的仍然是她。

她將啤酒放在我的面前之後，便又站在我的身邊：「這啤酒是全世界最美味的，你只有一個人？可要找一個人來陪陪你？」

我心中暗嘆了一口氣，我只準備快快將啤酒喝完了就走，世界上再沒有比多嘴的胖婦人更討人厭的東西了，於是我拿起杯子來。

卻不料到就在我拿起杯子來的時候，那胖婦人突然發出了異樣的一笑，我還未曾來得及抬起頭來看看她為什麼要笑，我的後頸之上，已然捱了重重的一擊！

那一擊，自然是那個胖婦人出手的，因為我的身邊除了她以外，絕沒有第二個人，而如果有第三者在的話，我也一定會暗中留意，可是對那樣一個嚕囌不已的胖婦人，誰會去注意她呢？

可是，最不受注意的人，卻是最危險的人，那一擊之力，令得我向下仆去，我手中的啤酒，也潑了我一頭一臉。

啤酒潑了我一頭一臉，對我有好處，因為這多少可以令得我比較清醒一些。

我連忙一個翻身，可是當我翻轉身來之際，我只看到一個極其龐大的身形，向旁閃了一閃，接着，我的背後，又捱了重重的一腳。

接連兩下攻擊，使得我幾乎要昏了過去，我連忙着地滾了開去。

在我滾開去時候，我雙手也沒有空着，我一揚手，拉住了那胖婦人的圍裙，希望將她拉跌！

第三部

被神秘的白衣人拘禁

我向外滾去的力道十分大，那一拉，果然將胖婦人拉跌了，可是，至少有兩百五十磅重的身子，卻也無情地向我身上壓了下來。

那一壓，又令得我七葷八素，一開始受攻擊以來，我就處在被動的位置，連還手的機會也沒有，而這時，胖婦人跌倒了，我勉力撐起身子來，眼看可以報仇了，卻不料我的身子還未曾站起，我的後胸椎上，又受了重重的一擊，那一擊，令得我眼前一陣發黑，昏了過去。

我聽到一陣水流聲，彷彿我是置身在一道瀑布之下，水流聲不但親切，我的確有身子浸在水中的感覺。終於，我明白那是怎麼一回事了：昏了過去之後，又醒了過來。

但是，不斷的水聲，又是怎麼一回事呢？

我連忙睜開了眼來，我實在詫異得不能再詫異了，我的身上，除了一條襯褲之外，竟什麼也沒有，而且被浸在浴缸之中！

浴缸的水喉，還在開着，水從我的頭上流下來，難怪我在將醒未醒之間，會覺得我是在瀑布之下淋浴了。

我第一個動作，自然是想立即爬出浴缸來，可是我卻不能夠，因為我的手和足都被和浴缸相連的扣子扣着，除非我能連浴缸拔起，帶着浴缸一起走。

這是怎麼一回事？我在的那間房間看來也不太像是浴室，它十分寬大，那隻浴缸在正中，房間的四周圍，全鋪着白色的石塊。

在浴缸的旁邊，有兩隻十分巨大的金屬箱子，那金屬箱子的下面，有輪子可以推動。在箱子上，有許多紅色的小燈，明滅不定，看來像是兩具可作特殊用途的儀器。

我搖了搖頭，將頭偏開了些，我試圖將水喉閂好，但是扣住我手的鍊子又不夠長。眼看水就要從浴缸中滿出來了，我大叫道：「快來人關水掣啊！」

我叫出這樣一句話來，實在十分滑稽，但是我卻又非這樣叫不可。因為水已浸到我的下頦了，如果水再繼續滿上來，雖然是在浴缸中，我也可以被水淹死的。我叫了兩聲，一扇門打了開來。

我必須説明一下的是，這間房間，看來是絕沒有門窗的，它的四壁全是白色的大理石，每一塊約有一平方英呎，突然，其中的幾塊被打了開來，一個自頭至足套着一件白衣服的人，走了進來。

由於那人也一身白色，又突然出現，是以我一時錯覺，似乎這個人是透牆而過的一樣！

那個進來的人，是什麼樣的人，我實在無法知道，不能形容他的外形，他穿着一件雪白的奇特無比的衣服，那衣服是一件長袍，但是頭上也有一個白布套，圓形。

在眼睛部分，頭套上有兩個洞，但是我還是看不到那人的眼睛，因為在洞口鑲着兩片瓷白色的鏡片，我真懷疑他是如何看得到我。

長袍其長及地，將那人的雙足蓋住。

我心中在想：至少，我可以看到那人的雙手吧！

然而，當我向那人的雙手看去之際，我也失望了，因為那人的雙手，也戴着一副白手套。

戴着白手套的手，先關住了水喉，然後，將那兩隻金屬箱，先後推近來。

我忙道：「喂，你在做什麼，至少你得講給我聽，我進店來喝一杯啤酒，為什麼要受到這樣的待遇？」

那個穿着如此怪模怪樣的衣服，又戴着頭罩和手套的人，像是未曾聽到我的話，自顧自地動作着，他將金屬箱推到了浴缸邊上，然後，自每一隻金屬箱之中，拉出了一條電線。

在那兩條電線的一端，都有一個金屬的插頭，那人抓住了這兩根電線，將兩個插頭碰了一下，只聽得「啪」地一聲，爆出了一朵碧綠的火花來。這不禁使我大吃了一驚，那絕不是在開玩笑了，那兩個箱子，可能是發電箱！

要不然，怎麼電線的兩端相碰，就會有「啪」地一聲發出和爆出火光來呢？我張大了口，一時之間，不知該怎樣才好。

我只好望着那人，那人扳下了那電箱上的兩個掣，再碰了一下那兩根電線的插頭，這一次，沒有火光爆出來了。

我略鬆了一口氣，可是那人接之而來的動作，卻將我嚇得魂飛魄散！

只見那人將那兩根電線，放入浴缸中，然後，將之插入浴缸壁上的洞中。浴缸中幾乎已放滿水，當電線浸入水中之際，我不由自主發起抖來，只要一通電，我還有命麼？

我勉力定了定神，大聲叫道：「喂，你做什麼？你將我當作科學怪人？」

我一面叫，一面用力地掙扎着。

但是我卻沒有法子掙得脫扣在我手上的鐵鍊，我猛地一側頭，喝了一大口水，然後，將喝在口中的水，「浦」地一聲，用力向那人的臉上，噴了出去。

那一大口水，齊齊正正地噴在他的頭上，一口水噴了上去，化為許多水珠，落了下來。

有許多水珠，落在那兩隻金屬箱子上，發出「吱吱」的聲音，立時蒸發。

這證明那兩隻金屬箱子的表面極其灼熱！

這人將電箱的電線插入浴缸之中，他想做什麼，那實在是再明顯也沒有了，他要放電來電死我！

我雖然想到了這一點，但事實上，我的心中，卻比想到了這一點，更要駭然，因為如果那人是想取我性命的話，何必這樣大費周章？我曾經昏過去過，他大可以在我昏過去的時候，將我拋到海中去。

但是他卻不這樣做，而這時將兩個電箱推到了我的身邊，他想做什麼？

我用盡了氣力叫道：「喂，你究竟想做什麼！」

我的聲音極大，大到了極點，可是那人卻完全沒有反應，那人一隻手已放在剛才他扳下去的那個掣上，看來，他是準備將那個掣扳上去了。

而那個掣一扳了上去，結果如何，我早已看到過，我就會觸電，那人要將我通電的目的何在？卻不是我所能知道的了。

那人的手放在掣上，卻又不立即扳上去，而是俯下頭來，來察看那兩根電線的插頭是不是插得夠穩了，他戴着手套的手伸進了水中，在摸索着，而他的頭，也俯了下來。

他的頭俯了下來，離我的頭，只不過幾吋。

在如今這樣的情形之下，我實在沒有別的辦法可想了，我一見到他的頭部離我如此之近，我猛地伸出頭去，張口就咬！

那實在是十分無賴的行徑，但是我總不成一點辦法也不想，就死在這浴缸之中。

那人顯然絕料不到我會有此一着，當我的牙齒由張而合之際，那人立時發出了一下可怕的呼叫聲來，而我也覺得我咬中了那人。

我猜想我所咬中的是那人的耳朵，因為我的臉正對着那人的頭側，我的頭向後縮來，將那人的頭也拉了過來，我口中咬着那人的耳朵，講起話來，自然是十分含糊不清。

但是我卻又必須表達我的意思，我道：「你放開我，我也放開你。」

但是那人卻只是叫着，他呼叫的聲音十分難聽，那是一種尖銳而急促的聲音，聽來有點像驢叫。

只不過過了半分鐘，我已看到另外一個人，從那幾塊白石板之後，走了過來，來人急促地奔到了浴缸的面前，一手按住了我的頭，一手按住了他的頭，想將我的頭和他的頭分開。

那走進來的人，和被我咬住了耳朵的人，裝束一模一樣，我看不到那人的臉面，但是我卻可以知道那人是一個蠢材。

因為那人那樣做的話，不是在幫他同伴的忙，簡直是要他同伴的命！

因為他若是用力分開兩個人的話，那一定是那人的耳朵給我咬了下去，那對他的同伴有什麼好處？果然，當他用力在分開我們之際，那人又怪叫了起來，這傢伙住了手，退了開去。

突然之間，他的手中，多了一根金光閃閃的金屬棍，那金屬棍一看便知道極之沉重。我心想，我反正是無法反抗的，我只有咬得更緊，這是我唯一的報復方法！

當我在恍惚之間，以為我已將那人的耳朵咬下來之際，那沉重的一擊，也已擊到我的頭上。

在我昏過去之時的那一剎那間，我所想的只是一件事，那便是：我一定沒有機會再活了！

可是，在不知道過了多久之後，我卻又醒了過來。

這一次，我沒有聽到水聲，也沒有什麼別的聲音，我只覺得軟綿綿地，像是坐在一張舒適的天鵝絨沙發之上一樣。

我慢慢地睜開眼來，我的確是坐在一張極其舒服的沙發之上。

那張沙發在一間房間的中心，白色，那間房間，和我上次醒來之際身子所在的「浴室」一樣，也是全白色的。

我是這間房間中，唯一不是白色的「東西」。因為我身上的衣服又回來了。

別忘記，我在離開酒店之際，是帶了許多小工具在身上的，我這時立時伸手向上碰了碰，那些有用的小工具竟全在！

而且，我的四肢可以活動，又有那麼多極有用的小工具，我可以應付任何困難的環境。

我立時站了起來。

就在我剛一站起之際，我覺得整間房間，忽然都轉動了起來！

那並不是我頭暈，而的確是整間房間都在旋轉，或者不應該如此說。因為我並不是天翻地覆地那樣旋轉，而是地板在轉動。

我身形立時站立不穩，晃了兩晃，又坐倒在沙發之上，而當我坐倒之際，地板的旋轉立即停止。

我苦笑了一下，地板之所以旋轉，毫無疑問，是由於自動裝置所觸發的，使得地板旋轉，迫我非坐下來不可！

但是，我立即發覺我這個設想是講不通的，因為我坐着，我的體重壓在沙發上，沙發放在地板上，地板是一樣受到重壓的。

除非沙發不是放在地板上的！

沙發不是放在地板上，難道是懸空的麼？這顯然是不可能的事。

但是，當我低頭看去時，卻看到那沙發，的確不是放在地板上的。

在地板上，有一個直徑四吋的圓孔，從那圓孔之中，有一根圓形的金屬柱，自地板之下，伸了上來，沙發就是靠那金屬柱支撐着的，並不碰到地板！

那根金屬管，其直徑約莫只有三吋半，是以，在金屬管和地板的圓孔之間，還有一點隙縫，我看到隱隱有光亮，自那縫隙之中，透了上來。

我不能下地，因為我一站到地板上，地板就會劇烈地旋轉，這將使我什麼也不能做。是以，我的身子，伏在沙發上，彎下身去，盡量使我的頭部接近地板，同時，我也取出了一件小工具來。

那件小工具，專門用來窺視之用，它的一端，十分小，可以在相當細小的縫隙之中穿過去，而它的另一端，則和單筒望遠鏡差不多。

那細小的一端，裝有十分精巧的廣角放大鏡，在另一端看去，可以看到一百二十度的景象！我小心地將這窺視鏡的一端，穿過了金屬管和地板之間的縫隙，我湊上眼去察看。

我看到下面，是一間相當大的房間，比我此際存身的那間房間要大得多，足有六七百平方呎。

而那根支持着我所坐的沙發金屬管，是在一張圓形的桌子之中穿過的。那張圓桌的直徑大約是八呎。

屋子的四壁、地面全是白色。這時，在圓桌之旁，還坐着八個人，那八個人的裝束，也和我曾經見過的兩個人一樣。

他們的身上，全都穿着雪白的衣服，頭上戴着那種白色的膠質的頭罩，而在眼睛部分，則是兩片白色的玻璃片，或是膠片，一片白色，除了白色之外，沒有別的顏色。

哦，不對，別的顏色是有的，那出現在牆上一具十分大的電視機的熒光屏之上。

那八個圍坐在圓桌旁的人，都向那具電視機望着，那可以從他們頭部偏向的方向看出來的。所以，當我發現了這一點，而我也已看清了那屋中的情形之後，我也自然而然地向那電視望了過去！

唉，我不去望那電視還好，一去看那具電視，我在剎那之間，心中的尷尬，實在難以形容！

在那電視熒光屏之上，清清楚楚地可以看到我所在的這間房間！而且，電視攝像管毫無疑問是對準了我的，因為我可以更清楚地看到我自己，伏在沙發上，翹起了屁股，從一根管子中，向下面在張望的那種情形！

我在設法窺視別人，但是我的行動，卻一點也不漏地早已落入別人的眼中，天下還有比發現了這一點更狼狽一些的事麼？

我陡地一呆，連忙直起身子來，坐回在沙發上，一時之間，不如該怎樣才好，足足呆了一分鐘之久，我才向下面叫道：「行了，我已醒了，請問，你們究竟是什麼人，究竟想將我怎樣？」

我那句話才一出口，便有一個人，推開了牆上白色的雲石片，走了進來——這個秘密地方的一切房間，幾乎全是用暗門出入的，你根本沒有可能知道門在什麼地方。

那人走了進來，當他一步一步地向前走近的時候，曾使我大是開心。因為他的體重，照理來說，也應該引起地板旋轉的。而我早已準備好了，地板一轉，我就撲過去，先將他打倒再說！

可是，他已經來到了我的面前了，地板卻仍然不轉動！地板不轉動，那當然是轉動掣已然被他們閂上了！那對我來說，一樣有好處。

因為地板不轉動，我不必被困在沙發之上，我一樣可以站起來和這個神秘的白衣人進行搏鬥的！

我幾乎沒有想到的，立時站了起來！

可是，我剛一站在地板上，地板又突然轉動了起來，地板在轉動，會產生離心力，我的身子，猛地側倒，我是向着那人側倒的，我趁此機會，向那人猛地揮出了一拳！

這一拳，雖然是在我自己也將要跌倒時揮出的，但實在可以擊中那白衣人。可是，不知道怎樣，我的這一拳卻落空了。那白衣人的身子向後退了兩步，他竟可以在旋轉的地板上行走自如！

而我在一拳擊空之後，卻已然倒在地上，我連忙伸手在地上一按，勉力站了起來，向沙發上跳去。

當我一跳到沙發上之後，地板的轉動，幾乎立即停止！

我喘了一口氣，瞪着那神秘的傢伙：「你沒有重量嗎？」

這當然是一句氣話，因為我假定地板旋轉，是因為我體重觸發了機關的緣故，而這個假定也是十分可靠的。

那麼，這傢伙也站在地板上，地板卻不旋轉，那麼，他豈不是和沒有重量一樣。

我講了那樣一句話之後，那白衣人居然開口講話了。

這是我被那胖婦人擊昏之後，醒了過來遇到的第三個這樣的白衣人，但卻是第一次聽到這樣的白衣人講話。

那白衣人講的竟然不是本地話，而是英語。只不過他的英語十分之生硬，絕不是歐洲人所講的。但是要我講出他是什麼地方的人，我卻也講不出來。

他先是用十分難聽的笑聲，笑了兩下，然後道：「當然有重量，沒有你那麼重就是了。」

我忙道：「好了，你們肯和我交談，為什麼要扣留我，而我又在什麼地方？」

那白衣人又用那種難聽的聲音，笑了兩下：「那先要問你自己，你是什麼人？你為什麼要到蒂卡隆鎮來？」

我搖了搖頭，勉力笑道：「這很不公平，是我先問你的，你應該先回答我。」

那人道：「你是俘虜，你必須回答我的問題，要不然，我們就一直囚禁着你，直到你肯回答為止！」

我裝着恍然大悟：「原來是這樣！」

我當然不會蠢到連這一點都不知道的。

而我之所以故意和他拖延時間，是我可以趁這時間作準備之故。

我已將一個有強力彈簧的小銅管，摸在手中。那小銅管可以射出兩粒銅彈子來，約莫像蓮子那麼大小，在十呎之內，力道十分之強。

我一講完了那句話，立時一揚手，我早已決定，我要射他眼上的那塊白玻璃！

當我彈破了那塊白玻璃之後，我至少可以令到這傢伙的雙眼受到損傷，那麼，我可以進一步向他撲過去，制服他，迫他帶我出去了。

我手才一揚起，那金屬管之內，便發出了「錚錚」兩聲響，兩粒銅彈子，以極高的速度，向前射了出去，這兩粒銅彈子，如果射中了一個人頭部要害的話，是毫無疑問，可以將一個人射死的。

而我的瞄準力也十分高，幾乎是立即地，「啪」、「啪」兩聲，那兩粒銅彈子，恰好射在那傢伙頭罩上的兩塊白玻璃之上！

而我在一射出了那兩粒銅彈子之後，立時準備從沙發上跳了起來。

但是，我卻只是作勢欲撲，而並未曾撲出去。

因為在那一剎那間，我看到那傢伙全然未受那兩粒銅彈子射中的影響，他只不過呆了一呆，那兩塊白色的玻璃也未曾碎裂。

這是我所未曾預料到的，這等強烈的銅彈子，尚且不能使那兩塊白玻璃破裂，那麼，我還有什麼法子可以令得這傢伙受傷呢？

我除了仍然僵坐在沙發上之外，實在沒有別的辦法可想，那傢伙呆了一呆之後，向前走了一步，用責備的口氣道：「你這是什麼意思？你為什麼要攻擊我？」

我大聲叫了起來：「我為什麼要攻擊你？那你先得問問自己，為什麼要囚禁我！」

那人的頭搖了兩下，道：「我們囚禁你，絕無惡意，我們到這裏來，也絕無惡意，我們只不過是來作一種觀察。」

那傢伙的話，使人聽來有莫名其妙之感，我瞪着眼望着他：「觀察什麼？」

那人道：「對不起，不能宣布，我們的行動當然秘密，要不然，會引致極大的不便，你來到我們這裏，我們實在抱歉。」

這傢伙的話中，已然在不懷好意了，我吸了一口氣：「你準備怎樣？」

「我勸你接受一種對你腦膜的輕微刺激，那種刺激，會使你消失一切有關我們的記憶，那樣，對我們來說，就安全了。」

「胡說！」我立即抗議。

「你必須接受，」那人堅持着，「而且，我保證對你無害！」

我不能再坐在沙發上了，在這樣的情形下，我實是非站起來反抗不可了。

人的知識、記憶全是儲藏在腦膜之上的，誰知道那傢伙所謂的刺激、失憶，是怎麼一回事，或許在接受了刺激之後，我會變成白癡！

我連忙站了起來，我剛一站起，地板便開始旋轉，我不顧一切地向前撲去。由於地板旋轉得十分快，因之我在一時之間，也看不清那人有了一些什麼動作。我只覺得我才掙扎着向前走出了一步，一股光束，便自那傢伙的身上發射了出來。

那像是「雷射」光束，事實上，我根本沒有時間去研究那是什麼光束，因為光線一射到我的身上，我立時起了一陣窒息之感。

接着，我便喪失了知覺。

我是被一個婦人的尖銳聲音叫醒的，在那婦人叫醒我的同時，我還覺得有人在以相當大的力量在搖撼着我的身子。

於是我雙手向前伸出，想抓住什麼，來止住那種搖撼，我抓住了一張桌子。

我睜開眼來，桌上放的是一大杯啤酒，而在搖我、叫我的，則是一個二百五十磅以上的胖婦人，那時天色已相當昏黑，有不少遊客在海灘旁生着了篝火。

當我才看到那一切的時候，我的腦中混亂到了極點，我一點也想不起這是什麼地方，我為什麼會在這裏。然而，這種混亂，只不過是極其短暫的時間，我立時漸漸想起巴圖，想起紅月亮，想起那被我射中、跌入了海中的那個人。

我也想起了我逐個巖洞尋找，想起我來到了這裏，要了一大杯啤酒。

但是我的記憶力卻到此為止了。在要了一大杯啤酒之後，又發生了一些什麼事情呢？似乎什麼也沒有發生過，那麼，這胖婦人為什麼要搖我、叫我呢？

我向那胖婦人望去，那胖婦人用十分友善的笑容望着我：「先生，你的臉色不十分好，剛才看來，你像是昏過去了！」

我歉然地一笑：「是麼？」

「是的，先生，你一定是從那峭壁的巖洞中走過來，而且曾進過巖洞，是不是？」

我心中一愣，道：「是啊，你怎麼知道？」

胖婦人笑道：「我當然知道，我在這裏住了很久了，以前，我們只知道那些巖洞中有妖魔，會使進去過的人感到不舒服，但在政府組成了調查團之後，才知道那些巖洞中，有很多大蝙蝠，蝙蝠聚居的地方，有一種神奇力量，使人有癲癇的影響，先生，你剛才一定是受了那種影響了！」

那胖婦人喋喋不休地講着，我可能是因為受了那種影響，或是太過疲倦了，所以才會使人家以為我要昏過去的。

我向那胖婦人道了謝，一口氣喝了那杯冰凍清涼的啤酒，精神振作了不少，我決定由公路走回小鎮去，等我回到小鎮時，已是萬家燈火了。

而且，月亮也恰在那時升起，我注視着月亮。事實上，從地球的任何角落來看月亮，月亮總是那一個，但蒂卡隆鎮上的人，既然看到過月亮變成紅色，我自然也非對之多望幾眼不可。

但是我看到的月亮，則是潔白的，並沒有一絲紅色。

我在走進鎮中之前，將我臉上的化裝除去，恢復了本來的面目，然後，才來到了酒店的大門口，在大門口略停了一停，買了一份鎮上所出的報紙，便推開門，走了進去。

我才一走進酒店，便被那美國人的吼叫聲所吸引。

我逕自向升降機走去，但是在我還未走到升降機的門口時，我忽然聽得酒店的經理道：「好了，這位先生回來了，他是唯一能幫你忙的人。」

第四部

失去的日子

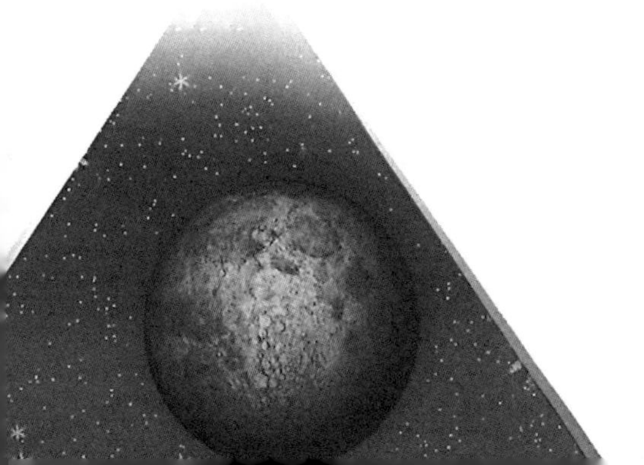

這句話，似乎是針對我而說的，我停了一停，轉頭看去，已看到那美國人轉過頭來望我，他向我揚了揚手，招呼道：「嗨！」

我實在懶得去答應他，只是點了點頭，但是他卻向我走來：「聽說你一個人佔有一間雙人房？」

這傢伙，一開口就討人厭，我一個人佔有一間雙人房又怎樣？就算我一個人佔有一間八人房，只要我付房錢，他媽的關你什麼事？

於是，我只是瞪了他一眼，並不理睬他。

他一個箭步，來到了我的身邊，這時，我才注意到他的肩上，掛着一個相機。

那種相機，一看外殼，就知道是十分專門的一種，這人可能是一個專業攝影師。

他來到了我的身邊：「你一個人睡不了兩張牀，讓一張牀給我，我來負擔百分之五十的房租，怎麼樣？」

我讓一張牀給他，他來負擔百分之五十的房租，這本來是天經地義的事情。但這時在他講來，就像是他在資助我一樣！

我冷冷地回答他：「對不起，我有一個習慣，喜歡上半夜睡一張牀，而下半夜睡另一張牀，所以，你還是將你的那百分之五十的房租，留在口袋中吧！」

那美國人愕然地望着我，升降機也到了，我不再理會他，跨了進去，他並沒有跟進來。可是，當我上了三樓，向房門口走去之際，那美國人卻氣呼呼地，從樓梯上奔了上來。

他直奔到我的面前，笑道：「聽說日本人是最好客的，那麼你——」

我不等他講完，便搖手道：「你又錯了，先生，我是中國人。」

那傢伙現出了十分沮喪的神色來：「唉，我到這小鎮上，前後已七次了，連那次我看到月亮變作紅色在內，沒有一次是找得到住所的！」

他一面說，一面轉過身去，他的話，顯然是在自言自語，並不是講給我聽的。

但是，他的話，卻也引起了我的極大的注意，我道：「嗨，你說什麼？你看到過月亮變紅色？」

他轉過身來，點頭道：「是，我正是為了這再來的，我準備寫一篇文章，刊登在『搜尋』雜誌上，噢，我還忘了介紹自己了，我是保爾，搜尋雜誌的攝影記者。」

這個叫保爾的傢伙，是看到過紅月亮的！

我也曾聽得巴圖講起過，當時有一個外國人，湊巧也在蒂卡隆鎮上，那一定就是他了。

我伸出手來，和他握了握：「那麼，我們有相同目的，我也是為了這件事而來的，只不過我未曾看到紅月亮。」

「那麼，我可以供給你資料，但是，房租方面，我只負責百分之二十。」

一時之間，不知該怎樣回答這個精明的美國人才好。我和他互相對視了一分鐘之久，沒有辦法，我屈服了，因為我是為「紅月亮」而來的。我迫切需要關於「紅月亮」的第一手資料。

正因為那樣，不要説這個美國人只肯出百分之二十的房租，就算他要白住，我也沒有辦法。

我伸出手來：「好，達成協議！」

他和我一握手，我打開了房門，進了房中：「我還是第一天到，我本來是有一個同伴的，可是他不知道哪裏去了。」

我當然沒有必要向這傢伙報告我的行程的，我只不過是想藉此打開話題而已。

卻不料我的話才一出口，保爾便改正道：「不，你來了已兩天了，昨天你出去了一整天，直到這時才回來，你到哪裏去了？」

我瞪着他，道：「我才來了一天。」

他大聲道：「兩天！」

我向他揮了揮拳頭，示意他不要再和我爭下去，若是再爭下去，那非打架不可。我的心中，實在也十分氣憤，因為我來了多少時候，我自己莫非不知道，還要他來更正？

我一面握着拳，一面道：「我是今天才到的。」

他指着我：「你手中有報紙，你可以看看，報紙上的日期，是什麼日子。」

報紙是我在酒店的門口買的，當然是當天的報紙，我本來是不想看的，但是聽得他講得如此之肯定，我也低頭看了一下。

但是我一看之下，我卻不禁呆住了。

我看得很清楚，那報紙之上印着的日子是十三日。

這是怎麼一回事？

如果今天是十三日的話，那麼我來到這個鎮上，應該是兩天了，可是，我卻只過了一天，我什麼時候多過一夜來？

我呆住了，無聲可出，保爾卻得意了，他拍了拍我的肩頭：「怎麼，弄錯了，是不是？」

我並不回答他，我向前走了幾步，在沙發上坐了下來，我的心中十分亂，因為我不明白這是什麼一回事，我來了之後，出去，在巖洞中查了一遍，喝了一杯啤酒，然後就回來了。

那麼，我怎會失去了一天的呢？我在那失去的一天之內，做了一些什麼事呢？我拚命去想，努力去記憶，但是卻一點也想不起來，我所記得的只是：我到這裏，只不過一天——正確地來說，也只不過幾個小時而已！

我呆了半晌，抬起頭來：「會不會這張報紙的日期印錯了？」

保爾聳了聳肩，道：「你可以下去，向所有的人問一問，你是今天到的，還是昨天到的。」

我托住了頭，心中實在不知想一些什麼才好，一天，我失去了一天，這在我來說，實在是難以想像的事情，我完全不記得過去的一天之中，有什麼事情發生過！

這不是太神秘了麼？

而這種神秘的「時間失蹤」，也使我的心情十分沮喪，但是保爾卻因為找到了住所，而十分高興，他吹着口哨，進了浴室，進進出出，十分忙碌。

我呆坐了很久，直到我肯定自己已完全無法記起我「失去的一天」之內，有過什麼經歷，這才站了起來，問保爾道：「我一定太疲倦，以致竟記錯了我到這裏來的日子，實在太可笑了。」

保爾表示同情地在我的肩頭上，拍了兩下。我立即又道：「我們談談你看到紅月亮，是怎麼一回事？」

保爾望着我，好一會，才道：「先要有一個君子協定。」

我道：「好的，什麼協定。」

保爾道：「我講的全是第一手資料，你不能將我所說的一切拿去公開發表。」

我嘆了一聲：「和你相處，似乎十分困難。」

「沒有辦法，在我們的國家中，人人都想賺錢，沒有辦法不這樣。」

我不禁為他的坦誠而笑了起來，我在身上，取出了一疊美金旅行支票，在他的面前，翻了一翻：「你看，我十分富有，富有的程度，遠在你想像之上，你將第一手的資料，詳細講給我聽，不但不會發表，而且，還會付一筆可觀的報酬給你！」

保爾大聲叫了起來：「太好了！」

他興致勃勃地在我對面坐了下來，想了一陣：「那天晚上的情形，實在太奇特，我正住在這酒店之中，我來到這個小鎮的任務，是想拍攝海邊的西班牙少女的照片，我完成任務。當晚，我正在一個人喝着酒，忽然外面有人怪叫了起來——」

保爾望着我，我示意他繼續講下去。

保爾道：「我的西班牙文不十分好，但是，我卻聽得在酒店的外面，所有的西班牙人，全都奔走相告，發狂似地叫着：『末日來到了，月亮變成紅色了』！」

「我探出頭去一看，連我也呆住了，月亮是紅色的，我呆在窗口，足足呆了有五分鐘之久！

「而這時，街上的情形，混亂到了極點，突然變成了紅色的月亮，顯然令得每一個人都失常了，幾個醉鬼大聲地唱着，開始有人將一瓶又一瓶的酒，從雜貨店中拋出來。

「很快地，街上喝醉酒的人愈來愈多了，平時矜持的少女開始放蕩，她們之中有很多扯下了長裙，只剩下了褻衣，當街跳舞，而平日鎮上的權威人物，那些道貌岸然的學者，也都和浮華子弟一樣，衝上去擠着，想伸手去摸摸那些跳舞的少女，而那些少女，卻像被人趕捉的母雞，發出『咯咯咯』的笑聲躲避着。

「一切的變故，來得如此之快，真的，我那時的感覺是世界末日來臨了，可不是麼，我們從小看到大，一直是銀白色的月亮，竟然成了紅色，那樣鮮明的紅色，這實在使人瘋狂！」

保爾講到這裏，不由自主地喘了一口氣，然後才又道：「我想，我算是比較能夠自制的人，因為在我呆了五分鐘之後，我在克服了也想衝到街上去的衝動之後，我想起來了，我有彩色的軟片，我有相機，我可以將紅色的月亮，拍攝下來！

「我連忙找彩色軟片，要命，彩色軟片放在什麼地方呢？如果找不到，這小鎮上只怕是買不到的，而且，在如今這樣的情形下，誰還會做買賣呢？我找了好幾分鐘，終於找到了，我對着月亮，拍了幾張，又跑到街上，將一卷軟片拍完。

「第二天，我就回國，一回去，我立時將軟片沖洗了出來。」保爾講到這裏，忽然停了下來，望着我，嘆着氣，搖着頭。

我忙問道：「怎麼樣？」

他嘆了一口氣道：「我一看照片，就到療養院去療養，同時光顧了一個心理醫生。」

我奇怪道：「為什麼？」

他打開一個信封，拿出一疊相片來給我，道：「你看，當時我看到的月亮，分明是紅色的，鮮紅色的，可是你看看照片上的月亮！」

我不知道他這樣說法是什麼意思，我只是感到，我即將看到紅色的月亮了，因此我的心中，十分緊張。

可是，當我一看到相片的時候，我不禁呆了一呆，那一疊相片的第一張，是一個大月亮，可是那個月亮，卻是銀白色的。

我一張又一張地看下去，每一張相片之上，都有月亮，有的幾張，前景是模糊的人影，那是正在狂叫呼喚的一群人。

可是，每一張相片之上，月亮全是白色的。

我抬起頭來，道：「保爾，這是什麼意思？」

「就是那樣，當時，我看到了紅月亮，紅的，在我看到月亮是紅的之際，我用彩色拍攝，你說，正常的結果，應該怎樣？」

「當然相片上的月亮，也是紅的。」

「可是，它不是紅的。」

我呆了半晌，迅速地想着，然後才道：「你的意思是說，當時你看到月亮是紅的，那只不過是你的錯覺？」

「是。」他點着頭。

「所有的三千多人，全都是錯覺？」

「雖然聽來不可能，但卻是唯一的解釋！」

保爾在講了這句話之後，又補充道：「我們都知道，相機的構造，和人的眼睛一樣，而相片上也有紅色的別的東西，表示並不是軟片上的紅色感光部分壞了，相機和人的眼睛所唯一不同便是它沒有生命，所以它也沒有錯覺，永遠如實地反映真實！」

我呆了片刻，再道：「那麼你的意思，確實地說來，就是說，當時的月亮，其實仍是白色的，和以前沒有什麼不同，只不過是所有的人，生出了同樣的錯覺？」

「是。」

「有這個可能麼？」

「這是唯一的解釋。我之所以再度前來，完全是為了想找出這個原因。」

保爾揮着手，加重語氣地講着。

我望着他，我開始覺得他不是那麼討厭了，他的想法是對的，月亮並沒有變色，而是蒂卡隆鎮上的所有人，都在同一時間，發生了錯覺。

為什麼會在那一剎那間發生了錯覺呢？而且，凡是在這個小鎮上的人，無一能避免。

我可以立即提出幾個解釋來，但是只要想深一層，這些解釋是全站不住腳的。

第一個解釋是：有一種生過病的麥子，因為麥中含有一種可以使人發生幻覺的細菌，即使在烤製成為麵包之後，服食之後，仍然會使人產生許多恐怖的幻覺的。但是，總不成蒂卡隆鎮所有的人，都在同一時間之內服下了這種有毒的麥子，那不可能！

第二個可能，是恰在那時，有一股紅色的微粒——但這個可能，我還未曾想完，就被我自己所否定了，因為如果有一股紅色霧遮住了月亮的話，那麼，相片上的月亮也應該是紅色的。

那只可能是人的眼睛的錯覺。是什麼因素使得在這個小鎮上的人，都產生這一種錯覺的呢？我也是為了這一原因來的，巴圖也是為這個原因來的，可是巴圖在什麼地方呢？我……為什麼又會突然失去一天呢？

一連串的問題，使得我的腦子混亂到了極點。

我坐在沙發上，用手托住了頭，保爾則看來仍然十分輕鬆，他取出了一隻收音機來，扭到了音樂節目，那是吵鬧的爵士音樂，我被它吵得忍不住了，大聲道：「你怎麼那樣輕鬆？你可是有了頭緒？」

我本來是出言嘲笑他的。可是，出乎我意料之外，他卻點頭道：「是的。」

我呆了一呆：「你的線索是什麼？」

他搖頭道：「你未免問得太多了。」

我揚手道：「好了，你的目的，只不過是想將事情調查清楚之後，獲得一筆稿費而已，是不是？我現在，代表一個機構以高薪暫時僱用你。」

「什麼機構？什麼條件？」

「聽說過異種情報處理局麼？它直屬於最高軍部的機構，專門處理類似紅月亮這樣的特異案件的。我想，你可以獲得五百美元一周的周薪。」

保爾「噓」地一聲，吹了一下口哨：「好了，我接受，你是我的上級麼？」

「不，我是你的同事，我們的上司是一個蒙古和中國的混血兒，他叫巴圖，他在五天之前……不，六天之前，來的，他到了一天就離去，一直到現在還沒有回來。」

「啊，那一定是遭到意外了。」保爾叫着。

我搖頭道：「不會的，我不相信他會遭到意外，因為他幾乎是可以應付任何意外的人。」

保爾忽然皺起了雙眉：「他什麼模樣？我的意思是說，他有什麼特徵？」

我望着保爾，不知道他這樣問我，是什麼意思，但是我還是照實回答：「他是一個高而瘦的男子，他膚色黝黑，頭髮天然鬈曲，他的左頰之上，近額角處——」

我只講到這裏，保爾一揮手，大拇指和中指相叩，發出了「得」地一聲，立時道：「近額角處，有一個新月形的疤痕，那可能是燒傷，是紅色的，是不是？」

我震了震，才道：「你有對每一個人如此詳細觀察的習慣麼？」

保爾道：「不是，我注意這個人，只因為他那個疤痕的形狀像月亮，而且，是紅色的，你知道，我的腦中塞滿了紅色的月亮這一個印象，所以便不免對他多看了幾眼，就記得了。」

我又問道：「那麼，你是在哪裏見到他的？」

「在我來的時候，他正步行到這個鎮上來，我搭的馬車，在他的身邊經過，駕車的老頭子問他是不是需要搭車子——」

我心急地問道：「那麼他為什麼不和你一起來？難道他寧願走路，而不要搭車子麼？」

保爾也搖頭道：「我不知道是為了什麼，他的臉上，一片極之迷惘的神色，他看來像是遇到了極大的困擾，他只是呆呆地站在路邊，對那駕車老者的話，一點反應也沒有，我覺得這人奇怪，是以在馬車駛走之後，只見他仍在慢慢地向前走來。」

我忙道：「如果他是到鎮上來的話，那麼現在——」

我才講到這裏，門上便響起了「卡」地一聲響。由於直到現在為止，我至少已知道事情極之不尋常，是以我一聽得門上有聲，立時緊張了起來，沉聲道：「快躲到了沙發的後邊。」也就在這時，再是「卡」的一聲響，來的人，似乎是有鑰匙的。

我呆了一呆，房門已被推開來了。

站在門口的，不是別人，正是巴圖。

當我才一看到他的時候，確如保爾所說，巴圖的神色，十分之憔悴、迷惘，像是有着什麼重大的心事一樣，我忙叫道：「巴圖！」

若不是我一下叫喚，他是不是會注意有我在房間中，只怕還成問題。而在我一叫之後，他當然望到了我。他在一看到了我之後，面上便露出欣喜的神情來：「啊，你那麼快就來了。」

保爾也站了起來，巴圖的精神顯然已恢復了，他向保爾一指：「嗨，這位朋友是誰？」

我道：「這是我新認識的朋友，他叫保爾，我已代你聘他為異種情報處理局的臨時職員，周薪是五百美元。因為他曾看到過紅月亮。」

巴圖興奮地道：「是了，你就是那個曾經看到過紅月亮的美國人。」

保爾走向前去，和巴圖握了握手。

巴圖向我笑道：「你那麼快就來了，你的妻子一定要罵我了。」

我的臉紅了一紅，我以為巴圖是在諷刺我，因為事實上，我是耽擱了七天才來的。我忙道：「不算快了，我已耽擱了好幾天。」

巴圖一呆：「你說什麼？」

我道：「我已比你遲了七天，我想，在這七天之中，你一定已有不少收穫了？」

巴圖睜大了眼睛：「你一定是瘋了，我今天上午到，現在，你也來了，你只不過比我遲來十個小時而已！」

我也呆住了。

一聽得巴圖這樣講法，我已然明白，那是怎麼一回事了。我失去了一天，但是巴圖，卻在他的記憶之中，失去了七天！

他以為他是「今天」到的，事實上，他到這裏，已是第八天了，只不過到達之後，他便失去了七天，當然，我更可以知道他的情形和我一樣，在失去的七天之中，他究竟做過一些什麼事，他是完全不知道的，他只當自己是今天到的！

我雖然明白了這一點，但是要將這一點向巴圖解釋明白，卻不是容易的事情。我不出聲，巴圖卻追問道：「什麼意思？你說你比我遲來了七天，是什麼意思？」

我嘆了一聲，道：「巴圖，我們都遇到極其不可思議的事情了。我到了這裏之後，失去了一天；而你比我更要不幸，你失去了七天！」

接着，我便將我「失去一天」和保爾爭論的經過，講了一遍。

在我只講到一半的時候，巴圖一把搶過了那張報紙來，看看上面的日期，他的臉色，變得極其蒼白。

在他看到了日期之後，他自然也明白那是怎麼一回事了，只見他背負着雙手，來回地踱着步，我們三人，全好一會不出聲。

足足過了五分鐘之久，才聽得巴圖喃喃地道：「怪不得我在奇怪，何以路邊的那一叢向日葵，竟會在一天之間，長大了那麼多，原來我已失去了七天！」

我不明白：「什麼路邊的向日葵？」

巴圖道：「我一到，就離開這小鎮，去調查一切，當我離開的時候，我注意到路邊的一叢向日葵，可是在我回來的時候，在同樣的位置上的向日葵卻長大了不少，我一直在思索着這個問題，所以——」

保爾接上去道：「所以，你心情迷惘，連有人叫你搭車，也聽不到！」

巴圖道：「是的，這實在是一件奇事，可是比起我無緣無故地失去七天這一點來……」

巴圖苦笑了一下。

我道：「那麼，你將經過的情形、你所可以記得起的，向我們說說。在你講完之後，我再將我記得起的經過講給你們聽。」

巴圖點了點頭，又呆了片刻，才將他可以記得起的經過，講述了出來。

第五部

詭異的小吃店

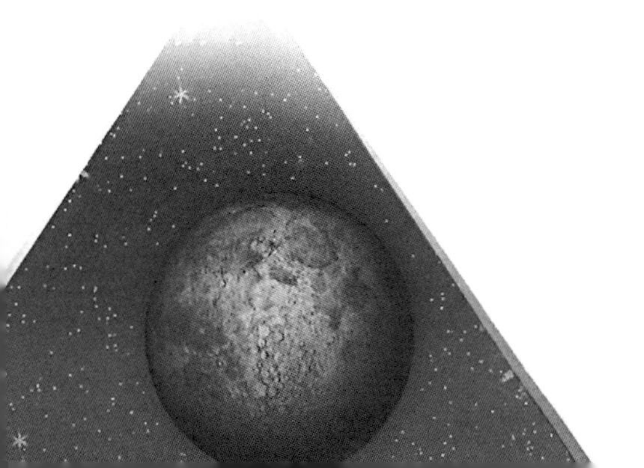

巴圖是在上午到的，他走進酒店的時候，在門口，和一個胖子幾乎撞了一個滿懷。

巴圖向後退了一步，那胖子向他打量了一眼：「遊客，嗯？」

巴圖冷冷地道：「可以説是。」

胖子的態度十分傲慢：「我是鎮上的史萬探長，我問你問題，你的回答最好肯定一些！」

巴圖的雙手，若不是都提着行李的話，這時他一定一拳揮擊過去了。當時，他沒有説什麼，只是身子一側，在史萬的身邊走了過去。

當他進了房間之後，他伸了一個懶腰，將上衣脱了下來，他是一個十分機警細心的人，當他脱下上衣的時候，他突然發現，自己上衣的領子，似乎被人翻轉過。他呆了一呆，輕輕地翻開衣領來。在他的衣領之下，有指甲大小看來和扁平的鈕扣差不多的一枚東西。這枚東西，巴圖一看就可以知道是偷聽器。這是他一到之後的第一件意外。

巴圖並不將那偷聽器除去，他只是想着：是誰在自己的衣領之內放下這個東西的呢？

照一路上的情形來推測，似乎只有在酒店門口遇到的史萬探長。然而，他既是當地的探長，又為什麼要這樣做呢？

巴圖不明白這是怎麼一回事，但是他卻也可以知道，自他一進入蒂卡隆鎮開始，就有人在注意他、監視他了！巴圖並不去破壞那偷聽器，他只是將衣領摺好，想了片刻，然後，打開了手提箱，取出了一些精巧的工具來。

他用那些精巧的工具，輕輕地旋開了那隻小巧的竊聽器，將線路用放大鏡仔細地檢查了片刻，然後，撥動了幾根十分精細的金屬線。

巴圖的這一番工作，是將一具竊聽器改變成收音器的手續。

當他放下了工具之後，他立即聽到了輕微的聲音，傳了出來，那是一個女子的聲音：「唔，整天在巖洞中，悶死了！」

另外一個男子的聲音，道：「有我陪着你，還會覺得悶麼？別亂說，叫我們的僱主聽見了，可得受罰。」

那女子道：「我們的僱主，究竟是何等樣人？」

那男人道：「我也不知道，我只見過他們一次，他們的打扮就像美國的三K黨一樣，看在薪水高的份上，在巖洞中過日子，又怕什麼——咦，怎麼線路障礙的紅燈亮了，快通知警戒室！」

在這個男子的那句話之後，巴圖又聽到了一陣雜亂的腳步聲。然後，所有的聲音，完全沉寂。

巴圖知道自己的把戲，已被人發現了，他拉下了那具竊聽器，放在腳下踏扁。

那一段對話，使他知道，巖洞是一個重要的線索。

於是，他留下了一封信，又在枕頭中放了一張字條，然後，離開了房間，將信交給了經理，便出發去查勘那些巖洞了。

巴圖查勘巖洞的經歷，和我差不多，只不過我是向右邊走，他呢，向左邊的峭壁走去，他一路搜尋了三十四個巖洞，有的大，有的小，可是卻什麼也沒有發現，當他來到了沙灘上的時候，情形也和我的遭遇差不多，他進了一家在海灘旁邊的小食店中，要了一杯飲料。

據他自己説，他是一喝完了那杯飲料，就步行走回鎮來的。

可是在事實上，他那一杯飲料，卻喝了整整七天！

我的一杯啤酒，喝去了一天的時間，他的一杯飲料，則喝去了七天的時間！

這全是不可思議的事，講出來不會有人相信。但是卻又是鐵一般的事實！

在巴圖講完之後，我們都不出聲，保爾道：「那麼，事情很簡單，我們該從那兩家吃食店下手！」

我望着保爾，好半晌，才道：「不錯，你的工作，可以開始了！」

保爾露出不解的神色來：「我？」

我道：「是的，你到那兩家吃食店的任何一家去，去的路線，也是沿着巖洞走過去，一路對每個巖洞作十分詳細的搜查。」

「嗯，」保爾立時搖頭，「我可不想失去寶貴的幾天！」

「你必須失去，這是你的工作！」我大聲地回答他，「而你剛才已接受了聘請，我和巴圖將在暗中監視你，看你如何會失去一天或更多的光陰。」

保爾無可奈何，道：「好，那麼，至少要等到明天，不是現在！」

我和巴圖都同意：「好，明天。」

那一晚上，我們都幾乎沒有睡。三個人各抒己見，結果，作出了幾個大家都同意的結論：

（一）史萬探長可疑！

（二）海灘邊的小食店可疑！

（三）有一個集團，正在鎮附近的峭壁的巖洞之中，從事着不可告人的勾當。

（四）這個機構的組織十分嚴密。

由於我們有了這四點結論，所以我們也決定，明天觀察吃食店的結果如果失敗，那麼，我們便再在大胖子史萬的身上下手。

第二天一早，保爾便離開了酒店，他帶着無線電訊儀，和我們之間，不斷地聯絡。我和巴圖兩人，則在鎮上的幾間酒吧中流連了兩三小時。

我們的目的，是想聽聽鎮上的居民對於「紅月亮」這件事，究竟有什麼意見。

可是鎮上的居民對於這件事，絕口不提，你若是問到了他們，他們也顧左盼右而言，或不作理會，我們自然一無結果。

直到我們聽到保爾說，他已經到了海邊，我們才出發到左邊的海灘去。

半小時後，我們便來到了離巴圖失去七天時間的那吃食店只不過五十碼的地方了。

我們打量了一下環境，看到吃食店的後面，有着一排濃密的灌木，灌木叢中，足可以藏下我們兩個人。

而在灌木叢的上面，有一個小小的窗口，如果我們躲在灌木叢中，可以利用小型的潛望鏡去觀察那間吃食店內的情形。

我們鑽進了樹叢之中，巴圖立即取出一根金屬管子來，將管子的一端，湊到了窗口，他則在管子的另一端張望着。

他看了一會，便將那小型的潛望鏡，交到了我的手中，我湊上眼去，只見那是一間十分普通的吃食店，兩對情侶在喁喁細語，掌櫃的是一個身形矮小的中年人，用一隻手撐着頭，在打瞌睡。

我們看了十五分鐘，只見那兩對情侶，分別先後離開了小食店。

然後，我們接到了保爾的通話信號，他道：「我已經在海灘上了！」

我和巴圖兩人，都緊張了起來，巴圖將潛望鏡交給我，他自己則取出了一柄小型的火箭發射槍來。

我用心張望着，只見那掌櫃的直了直身子，忽然，他來到門口，向門外張望着。他那種動作，分明是在等着什麼人！

我的心中立時閃過了一個念頭：難道他知道保爾要來？

那傢伙並沒有望了多久，就退了回來。

就在掌櫃的退回來不久，保爾走進來了，面色很難看，一看就知道他的心中很緊張。可憐的保爾，這一定是他一生之中第一次冒險。

保爾走進了店子，坐了下來，揚了揚手：「啤酒。唉，從那些巖洞回來，口渴極了。」

店主答應了一聲，不一會，便提了一大杯啤酒，來到了保爾的面前，將啤酒放在保爾的桌上，那情形和我在另一家吃食店時相同。

然後，我看到保爾拿起杯子來。

他一定是真的口渴了，所以當他拿起杯子來之後，大口地喝着。

我自己是在喝啤酒的時候，失去了一天的，所以我看到保爾的啤酒，心情緊張。果然，就在這時，我看到那店主人，在保爾的身後，向保爾躡手躡足地走了過去！

而且，他的手上，還拿着一根相當大的木棍！

他顯然是要對保爾有不利的行動了！

我心中不禁十分躊躇，因為我決不定我是應該出去，還是一直看下去。一時之間，難有決定，我將潛望鏡向巴圖遞了過去，想給他看到了店中的情形之後，由他來決定。

可是，也就在這時，在灌木叢之外，忽然響起了一個濃重的呼喝聲：「躲在樹叢中的人，快滾出來！」

那是史萬探長的聲音。

如果只是史萬探長的聲音，我們還可以不加理會，但與此同時，我們還聽到了「卡卡」兩下，槍栓拉動的聲音，那是一種老式步槍子彈上膛時的聲音。

槍總是槍，你絕不能因為它是老式而輕視它的，我和巴圖互望了一眼，巴圖用極快的手法，收起了潛望鏡，我們兩人，都無可奈何地站了起來。

在站起來之際，我立即向窗口看去，只見店中已空空如也，保爾不見了，那店主也不見了！

由於情況出現了突如其來的變化，我們的目的，當然未能達到，而且，我們的處境還變得十分尷尬，不但在我們面前，出現了兩個警員，用步槍指着我們，而且，史萬探長的手中，也握定了手槍。

史萬探長的雙眼，瞇成了兩道縫：「我們歡迎遊客，但是卻絕不歡迎行動鬼祟的人！」

我們沒有法子自辯，因為我們躲在灌木叢中，當然「行動鬼祟」。若是要講道理，看來，在這山高皇帝遠的小鎮上，史萬探長有權處理一切，我們也講不清道理。

是以，我和巴圖兩人，都不說什麼，但是，我們卻交換了一個眼色。我們這時是在小店的後面，而小店的後面，寂靜無人，史萬探長可以說是自投羅網了！

我們全不出聲，史萬又喝道：「好了，舉起手來！」

巴圖先舉起手來，由於我是站在他的身邊的，是以我聽得，在他舉起手來的同時，發出了「嗤嗤」兩聲響，兩枚麻醉針射了出去。

而我也立即發動，一躍向前，一掌向史萬的手腕，疾敲了下去！

史萬手中的手槍落地，和那兩個毛頭小伙子警員倒地，同時發生，我一揚腳，將槍踢向巴圖，巴圖將槍拾了起來，指住了史萬。

史萬面色大變，叫道：「你們這樣做，可能被判四十年徒刑！」

巴圖冷冷地道：「將你的兩個部下拖進小店來，如果你不這樣做，可能比四十年徒刑更糟糕！」

史萬氣喘吁吁地望着巴圖，但是他終於屈服了，他一手一個，挾着那兩個昏迷不醒的警員，繞過了灌木叢，來到了小店的門口，走了進去。

小店子空無一人，巴圖令史萬坐下，喝道：「好了，你究竟在玩些甚底把戲，老老實實地講，要講得快！」

史萬還在口硬：「你這樣對付西班牙政府的警務人員，你——」

不等他講完，巴圖已然道：「別假惺惺了，你不但是受僱於西班牙政府，只怕你還受僱於另一個集團，而且，薪水相當可觀吧！」

史萬呆住了，他的眼睛睜得老大，真使人懷疑他的眼皮怎麼會有那麼大的力量，可以將他眼上的肥肉撐起來，使眼睛睜大。

他的態度，在那一剎那間，便完全改變了，他垂頭喪氣，道：「你們是什麼人？你們都知道了麼？」

巴圖冷笑道：「什麼都知道，你認識塞隆斯先生麼？我們是他的私人代表。」

巴圖提到的那個人，我也不知道是誰（事後才知道那是西班牙內政部中一個極有潛勢力的人），但是史萬的面色，卻變得更難看了。

他牙齒打顫，「得得」有聲：「這……這……我……實在是薪水太低，而我的女朋友……又多。」

我實在忍不住笑了起來，這裏實在是一個十分可愛的地方。試想，在一個警務人員貪污有據、被捉到了之後，竟以「女朋友太多」來為自己辯護，這不是可笑之極的事情？

尤其這樣的事情，發生在像史萬這樣的一個大胖子身上，更會使人笑得前仰後合。

我在他的肩頭之上，重重拍了一下：「好了，如果你想保持你的女朋友，你就應該將事實一切，全都講給我聽了！」

史萬攤開了手：「其實也沒有什麼，我只不過接受指示，做一些無傷大雅的事情，例如……」

他在請到「例如」兩字時，臉上居然也現出了一絲不好意思的神色來：「例如偷走了酒店中的一封信，注意你的行動，放一個……偷聽器等等。」

巴圖問道：「你是怎麼得到指示的？」

「電話，每當要我做事時，總有一個電話先來指示，那電話是一個女子的聲音。」

「什麼人付你錢呢？」

「錢按時從郵局寄來。」

巴圖道：「那麼，最初和你接頭的，又是什麼人？」

史萬苦笑着：「沒有人，也是電話——」他看到我們有不相信的神色，忙道：「那是真的，我現在，再也不敢說假話了，絕不敢。」

我和巴圖互望了一眼，我們都覺得，他的確不是在說假話，但是，他也未必是完全在說真話。我們兩人都不約而同地不再逼問他，只是冷冷地望着他。

這使他感到極大的精神威脅，他搖動着身子，像是想擺脫我們兩人的眼光。但是他這樣表現不安，卻更使我們的目光變得凌厲。終於，在一分鐘之後，他屈服了，他嘆了一口氣，像是一隻氣球開始泄氣一樣：「好，我可以告訴你們，我的心中，也同樣好奇。」

我們一時之間，還不明白他這樣講法是什麼意思，他又道：「我也想知道在電話中和我聯絡的是什麼人，在一個鎮上，要追查一個電話的來源，是很容易的事。」

我心中大喜，難得他不打自招，說出了這樣的話來，我忙道：「那麼，是誰？」

史萬向這小食店指了一指，説道：「就是這家小食店的主人的妻子。」

我又問道：「她現在在哪裏。」

史萬搖着頭，道：「不知道，那我的確不知道。」

巴圖再問：「那麼，店主人又是從哪一條暗道之中遁走的？」

史萬依然搖頭，道：「我不知道，我不知道。」

我略想了一想，覺得再留史萬在這裏，已沒有什麼用了。如今最重要的工作，當然是搜查這間吃食店，因為我們已經知道，那是一個組織的支點，人在這裏不見，指揮史萬的命令，也是從這裏發出去的。

是以我揚手道：「你可以走了，別忘記帶着你的部下，你回去之後，絕不可驚惶張揚，明白麼？」

史萬連連點頭，抖着一身肥肉，向外走了出去。

我和巴圖兩人，在史萬一走之後，立即開始行動，巴圖從袋中取出一隻探測器來，那是對電流極敏感的一種探測器，如果什麼地方有電掣，這東西一接近，就會發出「嗚嗚」聲來。

而一般來説，暗門、暗道大都是用電控制的，是以利用這樣的一個探測器是很有效的。

我也開始行動，我不使用探測器，我只是用手指在各處敲着，我們先檢查了店堂，並沒有什麼發現，繼而，我們又向後面去，後面是一間廚房，廚房之中也是一個人也沒有。

廚房有一扇後門，就是通往後院的，那便是我們剛才藏匿的所在，店主人和保爾兩人，不可能從這裏離了開去。

如果説他們是從正門離去的，可能性也極少。

因為保爾如果不是被擊昏了，他自然會掙扎，如果保爾已被擊昏，那麼，店主人拖着他出去時，就一定會引起別人的注意。

店主人和保爾兩人，一定是通過了這個店內的一條暗道而離去的，一定是！

但是，為什麼在我們精密地檢查之下，竟一無發現呢？

我們又回到了店堂中，有幾個食客走進來，但卻被我和巴圖趕了出去。我們繼續搜尋着，正當我們幾乎要將店子整個翻轉來之際，突然聽得在通向那個廚房的門口，有一個人冷冷地道：「朋友，滿足了麼？」

我和巴圖被那突如其來的聲音，都弄得吃了一驚。

我們一起直起身來，站在門口的，竟是店主人，巴圖的反應，當真快到了極點，他一看到了那店主人，身形騰起，「呼」地一聲，便向前撞了過去。

可是店主人的身手也不慢，他一翻手，手上立時多了一柄配有滅音器的槍，並且立時放了一槍。

巴圖的身子突然自半空中跌了下來，在地上打了一個滾，我連忙踏前一步，來到巴圖的身邊，俯下身去。

我的動作，無論哪一個人看來，都像是在察看巴圖是不是受了傷。

而當我俯下身來的時候，我是背對店主人的，那樣就更不容易使人起疑。

可是，我才一俯身下來的時候，身子突然向下一倒，雙手撐在地上，雙腳已疾揚了起來，絞住了店主人的脖子，用力一轉，「啪撻」一聲，店主人已倒在地上。

而巴圖也已生龍活虎地跳了起來，我只見他抬起腳，用力踏了下去，同時，聽到店主人指骨的斷折之聲，當我翻轉身，站了起來之際，巴圖的一隻腳踏在店主人的右手的手背上，另一隻腳，則踏住了店主人的後頸，我將那柄手槍，拾了起來。

巴圖道：「衛，你沒有受傷？」

我道：「沒有，我們有兩個人，若是反倒受了傷，那太說不過去了！」

巴圖大有同感地笑了起來，低聲問道：「你將保爾弄到哪裏去了？為什麼我上次在這裏，會失去了那麼多天？」

店主人哼着，但不出聲。

巴圖厲聲道：「如果你再不出聲，我就撻斷了你的手指，你忍得住麼？」

巴圖實際上，還未曾採取任何行動，但是店主人卻已然怪叫了起來：「別，別，我忍受不了，我是忍受不住的，哎喲，我的手指已經斷了！」

那店主人剛才還那樣兇狠，可是忽然之間，他竟變得這樣膿包起來，這實在是出人意料之外的，巴圖也呆了一呆，提起了腳來：「好，那你就實説——」

他一句話沒有講完，只聽得店主人突然大叫了起來：「別殺我，別殺我！」

他這兩下「別殺我」，顯然不是對我和巴圖叫的，因為誰都可以看得出來，我和巴圖兩人都沒有殺他之意，那麼他為什麼這樣怪叫呢？是他想分散我們的注意力，想趁機逃脱，還是真的有人要殺他呢？

我和巴圖兩人，立時一起向外跳了開去。

因為在這樣的情形之下，我們絕不怕店主人會逃走，我們怕的是有人要殺店主人，有人要殺店主人，當然是為了怕他會供出什麼來，是以才要滅口！

而當暗殺者發現要殺死我們也是一樣容易的話，那麼下手的人當然改向我們兩人下手。

我們兩人之所以同時向外跳了開去，就是因為我們同時都想到了這一點。

可是，四周圍都是靜悄悄的，並沒有什麼人。

我們斷定那是店主人的詭計，於是又同時轉過頭，向倒在地上的店主看去。不看猶可，一看之下，兩個人都呆住了！

店主人已死了！

他實實在在，已經死了，我們兩人和他，雖然都隔兩碼以上的距離，但是我們都一眼就可以看得出，店主人已經死了！店主人已經死了！店主人的臉容十分可怖，雙眼瞪着，眼珠幾乎要突出眼眶來。

他是怎麼死的？我的心中立即升起了這一個疑問。而巴圖為人，顯然比我實際一些，我只是在想：店主人是怎麼死的，但是巴圖已向前走去，來到了店主人的屍身邊在檢查他因何而死的了。

我連忙也向前走去，我們檢查了三分鐘，但是，店主人的身上，看來一點傷痕也沒有，巴圖在他的上衣袋中，找到了一些無關緊要的東西。

我們又看到有人向吃食店走來，我提議道：「巴圖，我們該走了，不然，要惹麻煩。」

巴圖似乎還不捨得走，但是我連忙拉了他一下：「快走吧，這裏已沒有什麼線索了，我們到我曾失去一天的那地方去。」

聽到了這句話，巴圖才肯跳了起來，和我一起從後門奔了出去，沿着公路，一路奔出了三五百碼，看到後面沒有人追來，我們才不再奔跑。

巴圖嘆了一口氣：「唉，真丟人，什麼也沒有找到，反倒把保爾丟了，這怎麼辦？」

我苦笑了一下：「現在，我們只能從好的方面去設想，希望保爾不會有危險，只不過和我們一樣失去點時間而已。」

巴圖道：「但願如此，可是——」

我拍了拍他的肩頭：「別泄氣，我們快去那家吃食店去喝啤酒，看看情形怎樣。」

巴圖道：「是我們兩個一起進店去，還是一個人進去，一個人在店外窺伺？」

我想了一想，道：「現在我們也難以決定，還是先到了那裏附近，再作打算的好。」

巴圖點頭表示同意，我們一起來到了路上，只走出了十來碼，便看到有一輛十分漂亮的奶白色的跑車，停在路邊上。

那輛跑車的車頭，鑲着不少花花綠綠的牌子，巴圖笑道：「你看到沒有？這一定是一個鬥牛勇士的車子，在西班牙最有錢的就是鬥牛士，我們借他的車子來用一用，大概他損失得起的。」

我微笑着，在緊急需要的時候，這樣「借」用一下車子，我從不反對。

我們兩人跳上了跑車，巴圖用百合匙，輕而易舉地將跑車駛走，一直向前駛着，駛出了兩哩，才轉了彎，我們在小鎮的北面繞過，到了小鎮的另一邊，當車子在路邊停下來之後，離我上次「失去一天」的那家吃食店，大約三十碼。

我在一路上，已經有了一個計劃，是以這時車子一停，我便道：「照剛才的情形看來，店主人用一根木棍，先將保爾擊昏了過去，然後再帶走的，那麼，我們兩個人進去，比較好些，他們也難以下手。」

卻不料我才講出了第一點，巴圖便搖頭道：「不，你的方針錯了，我們不是要他們下手難，而是要他們下手容易些！」

我呆了一呆，巴圖又道：「他們下手難，他們便會不下手，而他們如果不下手的話，我們便也就一無所得。所以，我們要他們下手。還是那樣好了，你在一旁窺伺，我進店去。」

我想了一想，巴圖的話是有理的。

但是我卻仍然不免苦笑，因為如果再有什麼意外，那麼連巴圖也不見，就只剩下我一個人了！

第六部

再度會見白衣怪人

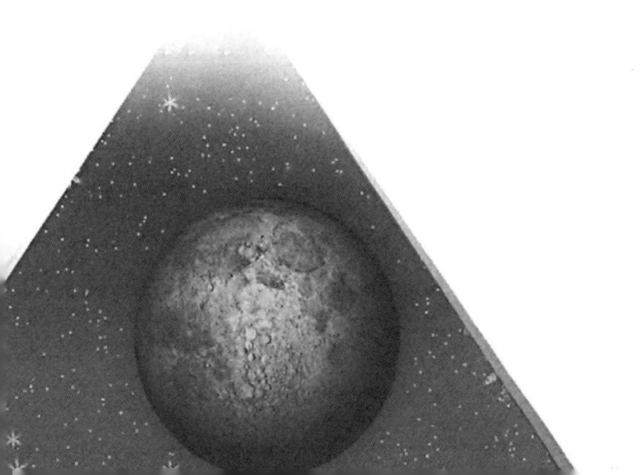

巴圖當然可以知道我為什麼苦笑的，他拍了拍我的肩頭：「不要緊，上次壞事，全是壞在史萬這胖傢伙的手中，這次不會壞事了。」

我只得道：「那你小心些。」

巴圖「哈哈」大笑了起來：「你又錯了，我根本不能小心，因為我希望他們對我下手！」

我們慢慢向那小店走去，到了只有七八碼的時候，我便伏下身來，巴圖則繞過屋子，到了小店的正門。

我估計他已經進了小店，才一個箭步，來到了小店的後門口，伸手一推，將虛掩着的後門，推了開來。

門內是廚房，我一推開門來，一個廚子便抬起頭來，以十分異樣的目光看着我，我不等他出聲，便陡地揚起拳，躍起身來，向他的腦上重重地擊了一下，然後，立時身子一轉，轉到了他的背後，將他要倒下的身子扶住，慢慢地放在地上，這樣，就不至於會有聲音發出來了。

我由一個小門口向外面張望了一下。那小門口是用來遞送食物的。

我看到那個肥婦人正背對着我，巴圖則坐着，在研究着餐牌。

我心中暗叫道：「老天，可千萬別點要經由廚房煮出來的東西，要不然，肥婦人一進來，事情又不成功了！」

幸而，巴圖在看了一分鐘之後，抬起了頭來：「啤酒，最大杯的。」

那肥婦人微笑着，轉過身來。我連忙將那扇小門掩上，只留下一道縫。同時，我站到了一個最有利的地方，那地方，可以使我清楚地看到巴圖。

不一會，啤酒送到了巴圖的桌上。那肥婦人則用圍裙抹着手，在巴圖的身邊，走了過去。

在那一剎那間，事情發生了！

我雖然早已知道會有事情發生的，但是事情發生得如此之快，卻仍然令我驚愕不止！

那胖婦人的行動，看來像是十分遲緩，但當她突然出手的時候，她的動作，卻快得像一頭美洲豹一樣，只見她剛一在巴圖的身邊走過，右手便突然揮起，反手一掌，向巴圖的後腦擊到！

那一掌，我估計力道在一百磅以上！

巴圖剛拿起杯子來，便已中了一掌，他手一鬆，杯子落到了地上，他人向前一俯，他已伏在桌上了。

在這樣的情形下，我要竭力忍着，才能不向前衝出去幫助巴圖。因為這時我衝出去的話，來此的目的又達不到了，而我們的目的是看胖婦人將巴圖弄到什麼地方去，追蹤前去，發現對方的總部！

那胖婦人在擊倒了巴圖之後，轉過了身來。這時，在她的臉上，現出了一種十分狠毒的神情，她的口張着，尖尖的牛齒，森然外露，看來像是一頭在暴怒中的河馬或是犀牛。

而一看到了那種神情，我不禁呆住了。因為在那一剎那間，我認出她是什麼人來了！

不知各位是不是曾留心過，兩百五十磅以上的胖婦人，看來模樣都是差不多的。但是，胖婦人而兼有那樣狠毒的神情的，可以說天下只有一個人，那就是意大利黑手黨中，坐第四把交椅的重擊手普娜。

意大利黑手黨的全盛時代已經過去了，幾個首領也銷聲匿迹。由於我曾和黑手黨有過一番龍爭虎鬥，所以有關黑手黨的一切，我也特別注意，我曾經看到過好幾張由不同角度拍攝的重擊手普娜的這種神情的特寫照片，她那一擊，那種神情，等於是她在大聲告訴人：「我是普娜，我就是有『世上最兇惡的女性』之稱的那個普娜！」

在普娜臉上出現的那種狠毒的神情，大約在五秒鐘之後便已消失。

我的心中不知有多少疑問。普娜在這裏，那麼，我們要找的總部，究竟是什麼組織呢？是黑手黨的新總部，還是另一個新的犯罪組織？

即使是新的犯罪組織，又有什麼力量，可以使三千多個人看來月亮成為紅色，他們又有什麼力量，可以使我失去一天，而使巴圖失去七天呢？

我一面想着，一面仍然目不轉睛地望着外面的情形。巴圖也可以說得上是一條彪形大漢，但這時，普娜卻毫不費力地將之提了起來。

接着，我意想不到的事便發生了。

普娜將巴圖提了起來之後，將之放在那張桌子上，然後，她不知道在桌子的什麼地方，按了一下，那張桌子，竟向上升了起來。

在那張桌子剛向上升起的一剎那間，我幾乎不相信自己的眼睛！但是立即地，我明白了，因為在桌子的腳下，有白色的氣體噴了出來。我明白了，那外表上看來十分陳舊的桌子，是一具飛行器。

桌子升起，店堂中突然光亮了起來，我又看到屋頂上出現了一個洞，剛好和桌面一樣大。桌子湊到了那個洞上，並沒有再向上升去，便又降了下來，落在地上。而當桌子降下來之時，被放在桌面上的巴圖，卻已然影蹤全無，不知去向。

我更明白何以我們不知保爾是到何處去了！

如果不是親眼看到的話，誰能想得到，人竟是從屋頂上被弄走的呢？

當然，雖然我親眼看到了，但是我仍然不明白，人到了屋頂之後，又是怎麼被弄走的。我看到普娜又若無其事地在抹桌子，我連忙悄悄退了出來。

當我退出來之後，我抬頭看去，屋頂上當然沒有人，我也想不出巴圖被送到了屋頂之後，又是用什麼方法離開這裏的。

我又失敗了。

我雖然看到巴圖是由一張會飛的「桌子」升上了屋頂，而屋頂處又出現了一個洞口而不見的，但是，出了屋頂之後，巴圖又上哪裏去了呢？

我不知巴圖的去向，當然也沒有法子跟蹤到那個組織的總部去。

但是，卻也不能說我一點收穫也沒有，因為我認出了那胖婦人是普娜，而且，普娜還留在店堂之中，我相信在她的口中，多少可以得到一點線索。

我在店後並沒有停了多久，便繞過了店舖，向那間吃食店的正門走去。當我來到了門口的時候，看到普娜龐大的身軀正站在門前。

我向她走去，她看到了我，面上略現出一絲驚訝的神色來。我知道她之所以驚訝，一定是為了我曾經來過一次，居然再度光臨之故。

她並沒有讓開，在我走向前去的時候，她只是側了側身子，她那似河馬的身子，其實側不側都是一樣的，我要橫着身子，才能在門中擠進去，進了店堂，我自顧自地坐了下來。

她叉着雙手，來到了我的面前：「你要什麼？」

我望着她，打量了她片刻，才以聽來十分平靜的聲音：「你以為我應該要些什麼才好呢？重擊手普娜！」

普娜是她的名字，「重擊手」則是她的外號。

我相信她已有許久未曾聽到有人以這個名字稱呼她了，是以在最初的十分之一秒的時間中，陡地一呆。

然後，她開始行動：突然向我撲了過來！

我雖然是坐着，望着她，但是我也早已有了極度的準備，在她一向我撲來之際，我的手在桌上，用力一按，我人已「呼」地向旁，躍出了六七呎去，普娜的那一撲，撲了個空。

她一撲空，兩百五十磅以上的體重，再加上她那一撲的力量，一起壓在一張椅子上，使得那張椅子發出了一陣可怕的聲音，全然碎裂。

重擊手普娜曾經是泛美女子摔角冠軍，雖然胖，但是動作十分靈活，她立時跳了起來，我搖着手：「別打架，普娜，要打架，誰打得過你？我們來談談！」

普娜瞇着眼望定了我，半晌，才道：「你是誰？」

我笑了起來：「這問題可難以回答了，還是我先來問你的好，普娜，像你這樣的犯罪天才，卻在這裏開設一家小食店，那是為了什麼？」

普娜道：「自從黑手黨走了下坡之後，我洗手不幹，退休了。」

我哈哈大笑了起來，我實在忍不住笑。

因為世界上實在沒有比普娜剛才所講的那一句話更好笑的事情，她會洗手不幹？

她是一個天生的罪犯，五歲的時候，便曾將老鼠藥放進她姑姑的咖啡中，她的一生，就是犯罪的一生，她會洗手不幹？

在我仰天大笑的時候，普娜慢慢地向我逼近來，我當她來到了可以向我出手的距離之際，才身子一閃，閃到了桌後，伸手自上衣袋中，取出了一樣東西來，「啪」地一聲，拋在桌上。

我那樣東西一取了出來，普娜的視線，便停留在那東西上，不再向我逼近。

別以為我取出來的是什麼武器，絕不是，那只不過是一本支票簿。

我已經說過，「重擊手」普娜是一個天生的罪犯，我十分懷疑她除了錢之外，還認得別的什麼。而這時，我的那本支票簿，是瑞士一家第一流銀行所發出來的，難怪普娜要睜大眼睛望着它了。

我笑了笑：「在這裏說話可方便？」

她像是根本沒有聽到我這句話一樣，只是猛地一伸手，搶也似地將那本支票簿抓在手中，翻了一翻，然後，又抬頭向我望來。

我再一次問她：「在這裏講話可方便麼？」

普娜苦笑了一下，忽然將那本支票簿向我拋來，喝道：「滾開，你在我這裏，什麼也得不到的！」

從普娜那種忍痛割愛的神情上，我突然聯想到了那另一個店主人的神秘死亡，我心中已經知道，這個組織對於泄露秘密的人，一定立即以神秘的方法予以處死，所以普娜才會將支票簿拋還給我的。

在這樣的情形下，我當然要採取激將和利誘的雙重辦法，我右手執着支票簿，在左手上「啪啪」地敲着，一面笑道：「這倒是天下第一奇聞了，有一百萬以上的瑞士法郎收入，重擊手普娜居然不敢要！」

普娜的臉色變了！

她的臉色之所以轉變，當然是為了「一百萬瑞士法郎」和聽得我講她「不敢要」之故。

她的雙手按在桌子上，雙眼瞪着我。

為了表示我並不是一無所知，我向桌子一指：「你別按得它太用力，小心它飛起來。」

普娜的身子一震，她隨即道：「好了，臭小子，你已知道了多少？」

「不多！」我笑了起來，「所以我才得出高價，一百二十萬瑞士法郎如何？」普娜的身子向前俯來，咬牙切齒：「現金！」

我揚了揚手中的支票簿：「沒有人會用這家銀行的支票開空頭支票。」

「可是你可以通知銀行止付。小伙子，現鈔，你將這筆數字折成美金帶來，我就將我所知道的秘密，全講給你聽！」

我早已說過了，她是一個天生的罪犯，她既然是一個腦中充滿了各種各樣犯罪思想的人，那麼，不信任支票，自然而然。

我多少感到有點為難，但是我卻也很欣慰。因為事實上，我並不需要親自到瑞士去，提出款子來，再折成美金，帶來這裏的。

我只要拍一個電報到那家銀行去，在電報中道出異種情報處存款戶頭的密碼，銀行就自然會將這筆錢匯到這裏來的。

是以，普娜的提議可以實行，大約五小時，就可以辦得到了。在我幾乎是一無頭緒的情形下，五小時的等待，實在不算太久。

我點了點頭，道：「你的提議很公平，我接受，我們在五小時之後，在鎮上酒店中，我的房間中——」

我才講到這裏，只聽得普娜突然叫了起來：「不！不！」

我呆了一呆：「若是你不喜歡在鎮上——」

這一次，又是我的話未曾講完，普娜又叫了起來，道：「不，我拒絕他好了，我只不過是一時經不起誘惑，我以後不會再犯了，別殺我！」

她那最後叫出來的「別殺我」三個字，尖銳到了極點，令人不寒而慄！

而我這時，也感到了真正的恐怖，因為普娜不但在尖叫着，而且，她的臉上，也現出了恐懼之極的神情來，她的那種樣子，使我想起那另一個神秘死亡的店主人來，我幾乎直覺地感到，普娜要死了！

可是，誰來殺她呢？彷彿在她的面前，有一個看不見的厲鬼在索命一樣，她雙手亂搖，拚命地尖叫着。

然後，突如其來地，她的叫聲停止了。

她的身子還站着，然而，那只不過是半秒鐘的事情，她的身子轟然倒下去！

我僵立着，無法動彈。

普娜已經死了，那是毫無疑問的事情。

可是，她是怎麼死的呢？我不但沒有看到什麼，而且，除了普娜的尖叫聲之外，我甚至沒有聽到任何異樣的聲音。是什麼力量，令得一個如此強壯的人忽然之間死了？她死了，那神秘的殺人力量，又是不是會降臨到我的身上來呢？

我頭腦混亂之極地站着，但是足足站立了一分鐘之久，我卻還活着。

那神秘殺人力量，並沒有光顧我。看來，那種力量只是殺他們自己的叛徒——任何企圖泄露組織秘密的人。而並不殺外人，即使這個外人力圖知道他們的秘密。

我深深地吸了一口氣，才向普娜走了過去，她的樣子就像是心臟病猝發而死一樣。

我將店門關上，以免有不相干的人進來打擾我進行工作。

本來，我可以在普娜身上得到線索。普娜死了，除非我不再追究這件事，否則我就必須自己製造「失蹤」。

我要使自己和昏了過去的巴圖一樣！

於是，我來到了巴圖剛才坐的那張桌子之上，同時，伸手在桌底下，摸索着。不一會，便給我摸到了一枚按鈕，我用力按了下去。

桌子向上，慢慢地升了起來。同時，屋頂上也移開了一個洞來，一切和剛才巴圖失蹤的時候一樣。

我蹲在桌上，桌子上升的勢子很穩，不一會，我的身子便已冒出了屋頂上的那個洞。

我感到夕陽十分刺目，天上一片虹霞，剛在我想着看清楚究竟會有什麼事發生之際，我的眼前，突然揚起了一片異樣的光芒。

那種光芒是如此之強烈，令得在刹那之間，我的視力完全被破壞了，在我眼前，只是一片奪目的銀光！

我雙手亂搖亂揮，那全然是一種下意識的動作：想將我眼前的那片銀光揮去。

在那樣的情形下，我實在沒有法子注意到我還曾有一些什麼別的感覺，例如我的身子曾被移動之類。

然後，我的眼前，陡地黑了下來。

那是致命的漆黑，我以為我的視力已全被那片強光所破壞了，我將從此看不到東西，我將要變成瞎子了，是以我嚷叫了起來。

我叫了兩聲，便聽得一個聲音道：「鎮定些，朋友，鎮定些！」

我喘着氣，停止了嚎叫，也就在這時，我的眼前，出現了一片柔和的光輝。

一看到了眼前那片異樣柔和的光輝，心中恐懼消失。

我看到我是在一間十分寬敞的房間中，在我的面前，站着一個人。

那人的全身，都穿着白色的衣服，那種衣服的質地，十分奇特，有點閃閃生光，他的頭上，也罩了白布罩，而在眼睛的部分，則鑲着一塊白色的玻璃。

我一看到了這樣的一個人，我的心中，便為之陡地一動，在我的腦中，升起了一種淡薄之極的印象。

我感到好像看到過這樣一個人，僅僅是好像，無論我怎樣努力去想，都無法想出，曾在什麼地方見過這樣一個人過。

在我緊蹙雙眉、拚命在思索之際，那人又開口了。他先嘆了一聲：「唉，我真想不到，我們會再度相見。」

他說「再度相見」，那當然是以前我們曾經相見過。

然而，我們是在什麼時候、在什麼情形之下相見的呢？何以竟絲毫也想不起來？何以我的印象竟然是如此之淡薄？何以記憶力竟忽然衰退到這一地步？

在我自己向自己提出一連串的疑問之際，我的心中突然亮了一亮，我想起我那失去了的一天來了。那一切，我與這人的第一次會晤，一定全是那失去了的一天之中所發生的事情！

那麼，使我失去了一天的，當然也是那個裝束得如此神奇的人，自然也是令得普娜和那個店主人神秘死亡的人，他就是我要追查的對象！

我的神經緊張了起來，那人卻向我揚了揚手：「我們來一個協定，好不好？」

我道：「什麼協定？」

那人道：「我們在這裏的研究工作，不想受到別人的打擾，你和你的兩個朋友，最好別來干涉我們，做得到這一點？」

我立即道：「不行。」

那人搖了搖頭：「如果你們不肯答應，那我們只好對你們採取行動了，我們實在是不願意傷害人的，極其不願。」

我冷笑道：「別假惺惺了，普娜和那個店主人呢？不全給你們用神秘的方法殺死了麼？」

那人道：「那情形不同啊，他們曾經發誓替我們工作，效忠我們，而且，我們付給他們極高的酬報，在這樣的情形下，他們居然想背叛我們，泄露我們的秘密，這一定要處死。」

那人所講的一切，和我料想之中差不多，我又道：「那麼，如果我們一定要追究下去呢？」

那人停了片刻：「你知道，你曾失去一天？」

我全身的神經都緊張了起來：「是的。」

那人緩緩地道：「我們既然可以令你失去一天，當然也可以令你失去更多天，甚至於失去一生，我們不會殺你，但是卻可以使你的腦中，空無所有。」

我緊張得不能再緊張，身子不由自主發起抖來，我望着他：「我想這種話，你以前已對我講過了？」

「沒有，我們想你在明白失去了一天之後，一定會知道你絕不能和我們相對抗，會就此遠離的，因為怕事、膽小，不敢和強者對抗，善於屈服，這正是你們人的特點，不是麼？」那人一口氣的説着。

我呆呆地聽着，我的心中，忽然起了一個十分奇怪的念頭：那人這樣地在數説着人類的弱點，像是他根本不是人一樣。

我緩緩地道：「你只説對了一半，的確有如你所説的那種人，但是也有無畏的、勇敢的人。人類歷史是由勇者寫出來的，勇敢的人在使人類進步，那種卑劣的、屈服的人性，如果能代表人類的話，那麼你的觀察，便大錯而特錯了！」

我這番話，似乎將那個白衣人不當是地球人。我立即在心中問自己：為什麼？

我也立即得到了回答：眼前這個人，可能不是地球人！

當我想到了這個答案之際，我大聲問：「你是從哪裏來的？」

這一個問題，似乎擊中了那白衣人的要害，他忽然震了一下，向後退出了一步。

同時，在他那看來像是膠質的衣服和頭罩之中，傳來了兩下如同金屬撞擊般的聲音，而那種聲音聽來又有點像是驚訝之際所發出的異聲——那究竟是什麼聲響，實在難以形容。

然後，我又聽得他道：「你很聰明，或許是我們接觸的人不多，但是直到目前為止，你是我們接觸到的人中，最聰明的一個。」

我呆了一呆，立即追問道：「為什麼你以為我最聰明？」

「你向我提出了這個問題：你來自何處。只有你一個人提出過這個問題。」

「那麼，你回答我，你究竟來自何處？」

當我再次逼問的時候，緊張得難以名狀。因為眼前的這個白衣人，他的全身都被籠罩着，如果他從外太空來，他是什麼樣子的呢？

我的處境本來就十分不妙，但是這時，我的心中卻仍然願意我面對着的是地球上最兇惡的、最沒有人性的兇徒，而不願意面對着的是一個善良的、來自別的星球上的「人」，因為那是不可想像的異類！

我不由自主地喘着氣，等着那白衣人的回答。

第七部

外星人的問題

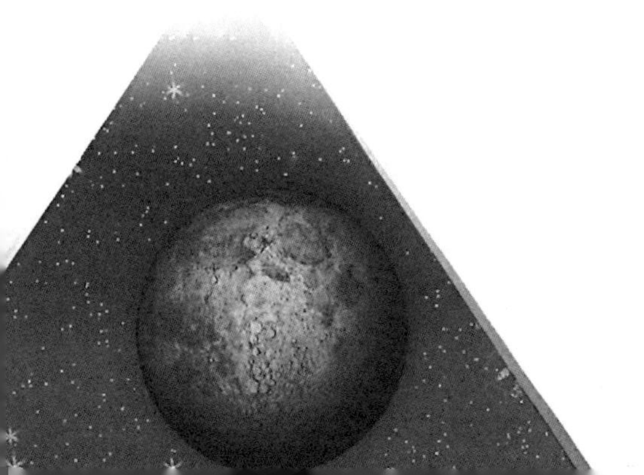

那白衣人只是道：「我們會引導你去看一些東西，看你在看到了這些東西之後的反應怎樣，必須提醒你，當你看到了那些東西，不必用心去記憶，因為不論你的記性多好，我們都有法子令你記憶消失。」

我很同意那白衣人的講法，因為他們的確有特殊的方法，可以消滅人的記憶。我已經失去了一天，我全然無法知道我失去的一天中，有過什麼經歷。那種特殊的消滅記憶的方法，以及我突然來到了這個神秘的地方，這一切，都說明他們有着超人的能力！

從這幾點聯想起來，他們不是地球人，似乎愈來愈可能了。

我呆了好一會，才道：「要我看一些什麼？」

那白衣人的身子搖擺着：「那是無線電視傳真，在地球上相當大的一塊地方中發生的事，這些事，你可能很熟悉。」

我對那白衣人的話，感到莫名其妙，我道：「請你說得明確一些，同時，我的問題，你們仍然沒有回答：你們來自何處？」

那白衣人又搖了搖頭：「這沒有意義，請你不必再問了。」

我大聲道：「在我看來，這個問題十分有意義，是以我必須要問！」當我講到這裏的時候，我略頓了一頓，然後加強語氣地道：「你們來自什麼地方，我想，你們不是地球上的生物！」

白衣人發出了一下笑聲，也不知道他這下笑聲，究竟是什麼意思。

他堅持着不回答我，我也難以再問下去，沉默了片刻，他才道：「你願意不願意接受我的邀請，去看一些在地球上發生的事情？」

當他這樣講的時候，我的心中也恰好在想：你不回答也不要緊，我是可以在和你接觸之中，慢慢地探知你來自何處。

要探知這神秘的白衣人究竟來自何處，以及要得到保爾和巴圖的消息，我當然非裝作和這傢伙十分合作不可，是以我點了點頭：「好，我們去看，我們怎麼去？坐飛機，還是搭潛艇？」

「不用，就在這裏，我們有電視，極大的電視熒光屏，使你如同置身現場一樣，唯一的缺點，是沒有聲音。」我呆了一呆，問道：「剛才你說要我去看一些東西，是看電視？」

那白衣人點頭道：「是的。」

我又問道：「電視上出現的，是世界上每一個地方的情形麼？」

白衣人的回答，仍然很簡單：「可以說是這樣。」

我急速地想着這一個問題：他們用什麼法子，使得他們設在此處的電視接收機，可以看到世界各地的情形呢？

照地球上的方式來說（我已經假定他們不是地球人），那麼，必須在世界各地，普遍地設立電視攝像站和播送塔，而且，還一定要通過人造衛星的轉播，才可以在一個固定的地點，收看到世界上固定地方的情形。

若是說來自另一個星球的人，居然能在地球的每一個地方都設上電視傳送站，而地球上的人仍然一無所知，那太可怕了！

那白衣人道：「請跟我來。」

他向前走去，我在後面跟着，來到了雪白的牆前，我伸手在牆上摸了一下，以確定這種潔白的建築材料，究竟是什麼質地。

但是我卻得不到結論，這看來全然是新的東西，它摸上去是溫熱的、光滑的、像是一塊剛被溫水浸過的玻璃。在我摸向牆壁之際，白衣人冷冷地道：「你似乎十分好奇？」

「當然是，身處在這樣一個神秘的地方，沒有人會不好奇。」

「你這話多少有點過分，」白衣人不同意：「有更多的人，來到了這裏之後，一點也不好奇，害怕得完全成了木頭人。」

我聳了聳肩，對他的話，不表示意見。世界上自然有各種不同的人，有的人以為害怕、妥協可以解決問題，有的人則堅持信念、勇敢地和逆境作戰，每一個人都有他的自由選擇，何必爭論？

白衣人伸手，向牆按了一按。

他手上戴着白色手套，在他伸手向牆上按去之際，我注意到他的中指之上，有一團灼亮的光，突然出現，一閃即滅，牆上一度暗門打開，白衣人隨即向門外走去。

我仍然跟在他的後面，門外是一個穿堂，一切都是白色的，穿堂的中心，是一條十分粗大的圓柱，白衣人帶着我，直來到了圓柱之前，「唰」地一聲響，圓柱打開了一個半圓柱形的門，白衣人走了進去，我也走進去，和他並肩站在圓柱之內。

然後，門關上，我覺得像是在向下降，圓柱內一片銀白色。

在我離開了普娜的吃食店，來到了這裏之後，我所看到的一切，全是白色的，這使我不能不問道：「看來，你們似乎很喜歡白色。」

白衣人卻笑了一下，道：「你不會明白的。」

這時，下降的感覺停止，門再打開，我到了一個巨大的大堂之中。

那大堂像是一個大城市的火車站，上下四面，全是白色，只有在正對着我的那一面，大約有十呎高、二十呎寬的一幅長方形，是銀灰色的——這是我唯一看到的不是白色的東西。

大堂中有七個同樣的白衣人，坐在一具巨大控制台之前，那具控制台，看來像是一具極其複雜的電腦，上面各種各樣的按鈕，數以千計。還有許許多多發出白色光芒的小燈，在明滅不定。」

那七個白衣人並不轉過頭來，只是自顧自地工作着，那帶領我前來的白衣人則將我領到了一張沙發之前：「請坐下。」

我坐了下來，坐下之後，我正面對着那一大幅銀灰色。這時，我才陡地想起，這是電視熒光屏——如此巨大的電視熒光屏。

那白衣人站在我的身邊：「請你用心地看，然後，請你合作，解釋我們一些問題，因為你是直到如今為止，我們遇到的最大膽的人。」

我立時試探着問道：「我的朋友，巴圖和保爾呢？」

那白衣人支吾道：「他們很好，但是我們主要的問題，還得要你來解決，因為你……」他停了片刻，像是不知該怎樣措詞才好，然後才道：「因為你對我們表示最大的疑問的一些問題，可能比較熟悉些。」

我自然不知道他的話是什麼意思，因為我根本不知道他的所謂「疑問」是什麼！

那白衣人揚了揚手，道：「開始了！」

他一句話才出口，我的眼前，突然感到了一陣目眩，在那一大幅的銀灰色中，我突然看到了絢爛的彩色，而且彩色的傳真度又是如此之高，我看到了藍天、白雲，然後，我又看到了成千成萬衣着絢爛的男女。

那是一個極具規模的足球場，而一場顯然是十分精彩的足球比賽，則正在進行。

我定了定神，我立即懷疑，那是他們在故弄玄虛，放映一套紀錄電影，因為我看到的一切，實在太真實、太清晰了，甚至於有立體感，以致我在剎那間，猶如自己也在球場中一樣。

但是當我回頭四顧之際，我卻看不到任何電影放映的設備，我還想再找時，我身邊的白衣人已然道：「這是巴西的聖保羅大球場，你看！你看！」

我給他的聲音，引得轉過頭去。的確，那是南美洲。

因為只有南美洲的足球迷，才會在足球比賽之中，有那樣瘋狂的神情。

他們不論男女，都在張大喉嚨叫着，揮着手。

正如那白衣人所說：可惜沒有聲音。

我看到的一切，鏡頭是不斷地轉換着的，有時我看到的是球場的全景，有的是球員的特寫鏡頭，但是更多的則是觀眾。

在我看了約莫十分鐘之後，事情便發生了。

事情是突如其來的，好像是由於比賽中兩隊中的某一隊，踢進了一球，但後來又被裁判判決無效之故——我不能十分確定這一點，由於我在事先，根本不知道事情會發生，所以也未曾注意。

我只是看到，先是球賽停了下來，接着，便是觀眾湧向球場，然後我看到一大隊警察衝了進來。

再接下去，事情便發生了。我所指的「事情」，是指那瘋狂的打鬥而言的。觀眾和觀眾、觀眾和球員、觀眾和警察之間，開始了混戰。幾萬人都像瘋了一樣，有些人則並不參加打鬥，只是直着喉嚨在叫，這一部分人，大多數是女人。

我看到了一場足球暴動！

在南美洲，足球暴動並不是什麼特別的新聞，但是在報紙上讀到足球暴動的新聞，和眼看到的，究竟不同，雖然沒有聲音，但那種血肉橫飛的情景，仍然看得我瞠目結舌，難以喘氣。

我更不明白這一切是如何拍攝來的，因為我還看到有兩個中年人，被推倒在地上，上千的人，就在他們的身上踏了過去，踏得他們臉上只是血肉模糊的一片。我又看到，一個只有十四五歲的少年人，被人用小刀子用力地刺着。刺他的也是同樣的少年人，一刀又一刀，似乎將被刺者當作一塊可口的牛排一樣。

我更看到了互相群毆的場面，人像是瘋狗一樣地，用他們的手、腳、頭、口去攻擊對方。（一九八六年按：足球暴動，是人類狂暴行為之一，著名的足球暴動，情況比這裏描寫的慘酷不知多少，那是世人皆知的事實。）

我足足看了半小時之久，才看到直升機飛來，濃煙自直升機上噴出來，人群開始走散，但是仍一堆一堆地聚集着，破壞着他們所經過的地方的一切可以破壞的東西，嚷叫着。

在球場上，遺下的是一具又一具的屍體，有的屍體，由於已經傷得太重，以致實在沒有法子辨認出那原來是一個人。

屍體的數字，至少在兩百具以上。當我看到了這裏的時候，白衣人揚了揚手，我眼前的一切不見了，又恢復了一片銀灰色，但由於那一切太使人吃驚了，是以我仍然呆坐着。

好一會，我才聽得那白衣人道：「我們想請問，為什麼好好地在尋找娛樂的人，會自相殘殺起來？為什麼他們要相互了結對方的生命？他們全是人！？」

我苦笑了一下：「當然他們全是人。」

「那麼，請回答我，為什麼？」

「你也看到的了，我想，是因為有人抗議裁判的決定。」

「那麼，除了流血之外，難道就沒有別的辦法了？」

這時，我更加肯定了這幾個白衣人不是地球人，也正因為如此，我覺得我有着替地球人辯護的義務，是以我道：「你該知道，人的情緒，有時很難說，球賽的時候，必定有敵對的雙方，每一方面的人，都希望自己擁護的一方獲勝。」

「那也不至於動武，就讓球隊憑自己的技術，去公平地作出勝負好了。」

「當然那是最好的辦法，可是有時，一些細小的問題，便會導致爭執，而在情緒的激昂之中，爭執就可能演變為動武了。」

那白衣人冷笑了一聲：「朋友，照你的結論來看，地球人實在還是一種十分低等的生物，因為地球人根本不能控制自己。」

我聽得那白衣人這樣講，心中自然十分不愉快，但是我卻又難以反駁他，因為我剛才所講的那些話，的確是可以導致這樣一個結論的，我只是反問道：「那麼你呢？你是不是一個高等生物？」

那白衣人對我的問題避而不答，卻繼續攻擊地球人：「地球人低等，是一種近乎白癡的極度的低等。為了一場球賽的勝負，竟可以演變成如此兇殘的屠殺，這種行動，實在是白癡的行動。」

我站了起來：「先生，剛才我們看到的地方是南美洲，民族性最衝動，你怎可以一概而論？」

白衣人「望」着我，我當然看不到他的眼睛，因為在他的眼睛部分，是一塊乳白色的玻璃，但是我的的確確可以感到他是在望着我。

過了半晌，他才道：「好，那麼讓我們來着看別的地方，看一個以文明、深沉知名於世界的地方，現在正發生着什麼事。」

我還未曾同意，他已經又道：「請坐，請坐下來慢慢地欣賞。」

我沒好氣地冷笑了一聲，又對着我那幅巨大的電視熒光屏，坐了下來，熒光屏中開始有閃亮的線條在抖動，突然，畫面出現了。

電視上出現的畫面，我是熟悉的，我立即看出，那是世界上最優美的城市的一角，那種精緻輝煌的建築物，都有着近千年的歷史了。我感到十分滿意，因為那白衣人稱這地方為「文明、深沉」著名於世的地方，這個城市，當然是世界上最文明的城市！

我有點洋洋自得：「你看，在這裏的人，和剛才你看到的人，定然是大不相同的了，你——」

我的話還沒有講完，便看到一大群人，湧了過來。那一大群人，全都穿着灰或藍的衣服，由於他們是成群結隊地湧了過來的，是以乍一看來，像是一大群灰色的蝗蟲。

我呆了一呆，我覺得我的話有點站不住腳了，因為從那一大群有着優秀文化傳統的人的行動神情上，看不出絲毫文明的迹象來。

他們衝了過來，在沿途的建築物上，肆意地破壞着，將最最精美的藝術品當作臭雞蛋一樣地砸着。他們一面還在跳、還在叫。

和剛才一樣，我仍然聽不到他們在叫些什麼和跳些什麼，但是看他們那種口沫橫飛的樣子，他們無疑是中了邪，或者，正如那白衣人所說，他們是「低等到近乎白癡」的生物！

我張大了口，喘着氣，這時，電視熒光屏上，出現了一個年輕人的特寫鏡頭，他大概只有十七歲，或是十八歲吧，營養不良的臉上，肌肉正在跳動着，他正在聲嘶力竭地叫着，像是在叫口號。

但是從他的臉上那種像發羊癲瘋也似的神情看來，他顯然絕不知道他叫嚷的內容是什麼。而且這個人一定是從來也未曾刷過牙，因為他張開口來的時候，牙齒上有着令人作嘔的黃垢！

我揚手道：「別看了！別看了！」

我一叫，熒光屏上便恢復了一片銀白色，我喘了一口氣：「再看，再看一會。」

我剛才叫停，實在是有理由的，因為那些人的樣子，實在太令人作嘔，他們簡直不像是人，而只像是一群……唉，實在難以形容，或者只有「近乎白癡的低等生物」這一句話，才足以形容他們。

但是我卻一定要再看下去，看他們還會做出什麼來。

而且，我想，在一個有着如此悠久文明的地方，一定會有人出來阻止這種事的。我期望剛才看到球場暴動時的情形一樣，希望這種瘋狂的行動，很快地被遏止，那麼我至少可以向那白衣人說，這只不過是一小撮敗類——人類的敗類而已。

但是，我所期望的事情，卻並沒有發生。

相反地，我看到的是這樣蝗蟲般的人愈來愈多，他們所經過的地方，破壞力比蝗蟲還大，終於，打起來了，他們開始分成了兩派，接着，分成了七八派、十幾派，他們毫無目的地打着。

他們所用的手法之醜惡，實在令人不能卒睹，我看到一個瘦長的青年人，他的衣服，比較整齊，他的神情也十分嚴肅，絕無一點瘋狂的神情。

但是，這個年輕人，卻被十七八個瘋子，拖了過來，那些瘋子，將那年輕人的手，按在地上，用力踐踏着，直到將那年輕人的手指，一起拗斷。

在那時候，那年輕人臉上的那種痛苦、憤恨的神情，是我一世也忘不了的。

我偏過了頭去，不忍再觀看。瘋子，那裏是瘋子的世界，瘋子可以橫行，而正常的人卻遭受着荼毒，我怎能再看下去？

白衣人的聲音，又在我的耳際，響了起來：「這是一個有悠久文明傳統的地方，是不是？」

（一九八六年按：這種事發生在什麼地方，自然也盡世皆知，這裏寫的，至少是千萬分之一的慘情，十年內，死了三千萬人啊！）

我沒有回答，因為這是一個毫無疑問的問題。

白衣人又道：「可是你看到那些人沒有？他們不是低能至極的生物麼？他們不是低能得近乎白癡一樣麼？他們實在還未曾完成高等生物的進化！」

我仍然沒有回答，因為我不得不在心中，同意了那白衣人的話。

白衣人再道：「你同意我的結論了？」

我十分困難地搖了搖頭，儘管我的心中，已同意了白衣人對那一群人的結論，但是我必須搖頭，因為我是地球人的一分子！

白衣人笑了起來：「你不必替地球人辯護了，哈哈，你——」

我怒道：「這有什麼好笑？」

那白衣人不再出聲了，我又可以感到他在望着我，過了片刻，他才又道：「對不起，我又忘記了地球人的另一弱點了。」

我厲聲道：「那又是什麼？」

白衣人道：「如果你不介意的話，我就講了，我們發現地球人最喜歡掩飾自己的弱點，嘲笑地球人的弱點，往往可以造成大慘劇。」

我沒有出聲，只是在心中嘆了一口氣。

可不是這樣麼？這白衣人對地球人似乎已知道得夠多了，但是我對他們，卻仍然一無所知。

我慢慢道：「看來，你們已不需要再向我問什麼了，因為你已知道得夠多了！」

那白衣人仍不肯干休，竟進一步向我逼問道：「那麼，你以一個地球人的身分，已然承認我所提出來的結論：地球人是很低等的生物！」

我皺皺眉：「這個理論，本身是不合邏輯的，低等和高等，是比較的，在地球上，人是最高等的生物，但是在整個浩渺無際的宇宙之中，地球人可能很低等，你們也不能說高等！」

我不但在替地球人辯護，而且，我還直接指出，那白衣人並不是地球人。

那白衣人並沒有否認，可是他對我的話，卻也不表示同意，他只是乾笑了幾聲：「我全然不同意你的話，即使在地球上，人也是極低等的。」

我一字一頓，道：「你，胡，說！」

「一點也不！」白衣人攤了攤手，「你不妨想想，地球上有哪一種生物，會不斷地進行着如此醜惡的自相殘殺？」

他的手又指向電視熒光屏。

於是，我又看到了一連串人類自相殘殺的鏡頭。我看到炮火連轟，在炮火下的人血肉橫飛，我也看到了炮手木然而毫無表情的臉。

我也看到，許許多多衣衫襤褸的人，在互相打鬥，他們使用着各種各樣的方法去置對方於死地，而且在對方已被殺死了之後，還要將對方的眼睛挖下來，或是將對方的屍體掛在電線杆上。

屠殺者和被屠殺者，面上的神情都是瘋狂的。

我又看到了數以萬噸的糧食被拋棄，和看到了數以千計骨瘦如柴的飢餓者，在死亡的邊緣上掙扎。

這一切，究竟過了多久，連我自己也說不上來，我所看到的，毫無疑問全是事實。

然而，那種醜惡之極的事實，卻又是作為地球人的一分子的我無法接受的，但我又無法不看下去，因為這一切，實在太怵目驚心。

我終於如夢初醒地全身震動了一下之時，正是那白衣人問我「你覺得怎樣」之時。我要過好一會，才能回答他：「可是你也不能否認，在人類幾千年的歷史中，雖然有着不斷的殺伐，但是也有着不斷的進步！」

白衣人搖着頭，道：「想不到你居然也這樣沒有常識，由於人性的劣根性，地球人的進步至少被延遲了幾千幾萬倍。你們常稱頌愛因斯坦，認為他是你們之中最偉大的科學家，可是如果愛因斯坦在還是一個孩童的時候便死在炮火之下，地球人的進步當然又要延遲了。而事實上，愛因斯坦只不過是千千萬萬的天才中，倖免於難的一個而已！地球人一面想進步，一面卻無時無地不在屠殺着將來可能是天才的人！」

我幾乎已全然被白衣人擊敗了，但是我當然仍不甘服輸，是以我大聲道：

「那麼難道你以為地球人的文明毫無可取之點麼？」

白衣人竟斬釘截鐵地道：「沒有！」

我眨着眼，想要駁斥他。

但是白衣人不等我開口，便又道：「生物最高的目的，是生存，如同使生命延長，如何生活得好，是最高的目的，可是地球人的文明，卻是以如何來毀滅生命作目的的。你們已有了可以毀滅全地球生命的毀滅性武器，但是至今為止，對於最普通的疾病——傷風，你們卻還沒有有效的防禦方法！」

我變得真正無話可說了，因為那白衣人所說的，全是難以辯駁的。

對於最普通的疾病，我們所有的是各種各樣的「特效藥」，但我們每一個人都傷風過，我們也可以知道這些「特效藥」是怎麼一回事！

地球人就是這樣的一種生物，有什麼法子去和那白衣人辯駁呢？

在我不出聲之後的五分鐘，那白衣人才道：「多謝你的合作。」

我只得抗議道：「我並沒有和你們合作過什麼。」

白衣人道：「合作過了，我們來到地球上，研究和蒐集資料，進行了將近半年的工作，仍然未能得出確切的結論來，但由於你，我們有了結論，地球人是卑下的、劣等的生物。」

我忙道：「有了這個結論之後，你們打算怎麼樣？」

白衣人笑道：「這個初步的結論，導致一個進一步的結論，那就是：就算沒有任何外來的力量，地球人由於秉性的惡劣，也遲早會自相殘殺，而至於一個也不剩下，這是自然而然的引伸結論！」

我問的仍是那句話，我問道：「你們打算怎麼樣？」

「我們打算——」白衣人又攤了攤手，「我們有辦法使你消失記憶，所以不妨告訴你，我們準備提早結束地球人那種醜惡的行動，也就是說，我們要展開一項行動，毀滅所有地球人。」

其他星球上高級生物對地球的威脅，這個問題，不是沒有人提出來過，地球人本來可以努力來對付這個威脅的。

但是地球人卻不這樣，熱中於自相殘殺，而如今，這種威脅果然來了。

第八部

地球人類是生物垃圾

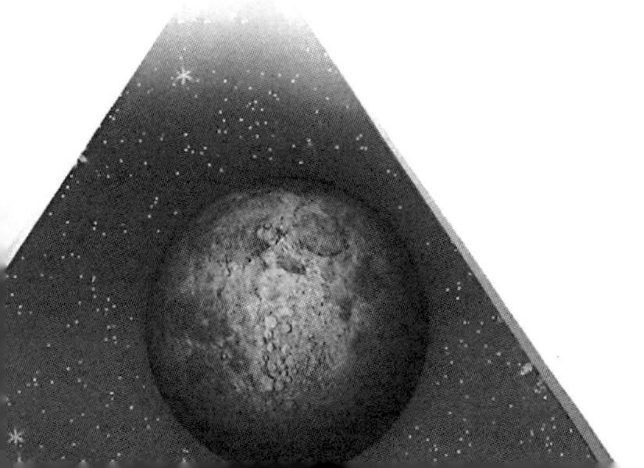

我竭力使自己鎮定，緩緩地道：「侵略者總有着各種各樣的藉口，我想，你們的最終目的，只不過是想佔領地球而已。」

白衣人直認不諱：「是的，我們原來居住的星球太擁擠了，我們必須另外尋找適當的居住地方，我們並不是第一看中地球的，地球已是我們的第二十七站，也是我們所見到的一個被最卑劣的生物所充塞的一個星體！所以我們決定了。」

我冷笑着：「你不能因為地球人性格……有缺點，而強搶地球。」

白衣人嘆了一口氣：「看來你仍然不十分明白，我們絕不是強搶地球，而只不過使地球人全體毀滅的日子早些來臨，而且保持地球的乾淨和美麗！」

我厲聲道：「放屁，人類或許會走向自我毀滅的道路，但是那一定是許多年以後的事！」

白衣人的聲音，倒顯得十分心平氣和：「照你的估計，大約還可以維持多少年？」

我大聲道：「那我怎麼知道？或許是好幾千年。」

白衣人道：「就算一萬年吧，那又算得了什麼？在人類而言，一萬年是一個大數目，但是在整個永恆的宇宙而言，一萬年和千萬分之一秒一樣短促！」

我冷笑着：「不管如何，地球人有權利過完這『千萬分之一秒』，而你也不能奪走地球人這『千萬分之一秒』！」

白衣人搖着頭：「不能，地球人沒有這個權利！」

我愕然，地球人沒有這個權利，這是什麼話？

可是那白衣人又續道：「你不要以為我不講理，地球將來一定毀滅於醜惡的核子爆炸之中，第一，人類沒有權利要求地球上其他所有的生物替人類殉葬；第二，這種毀滅，必然引致地球的變形，使整個宇宙間的平衡起變化，雖然這變化微乎其微，但是受到影響的星球，將在兩億以上，在這兩億個星球之上，有一百四十六個有生物。」

我「哼」地一聲：「你們的星球，便是其中之一？」

白衣人道：「你看，你這句話，又表現了地球人的自私，你以為我們一定是其中之一，但你料錯了，我們的星球，離地球超過三十萬光年，地球就算整個爆裂了，也影響不到我們。」

三十萬光年，這白衣人果然來自別的星球，而且，他們的星球離開地球，有三十萬光年之遙，那麼，他們是怎樣來到地球上的呢？用光的速度來行進，他們也要花三十萬年的時間！

白衣人像是看穿了我在那剎那間是為了什麼在發呆一樣，他笑了起來：「你以為我是在說謊，你以為我不可能從那麼遠的地方來的，是不是？告訴你，天體之中，有生物的極多，但沒有一個天體上的生物，比地球人更低能的了。」

那白衣人道：「地球人有了歷史記載幾千年，幾千年之前，是爭權奪利，殘害生靈，幾千年之後，仍是爭權奪利，自相殘害，我們是怎樣來的，你們地球人完全無法理解。」

我用力地握着手：「這一切全是廢話，我們地球人喜歡怎樣就怎樣，你們想要毀滅地球人——」

我講到這裏，陡地停了下來。

同時，我的身上，也不禁感到了一股極度的寒意。

他們來自三十萬光年以外的星體，他們的科學進步，當然絕不是地球人所能望其項背的，他們要毀滅地球人，豈不是容易之極？

所以，我講到了這裏，便頓了一頓，才改問道：「你們準備用什麼方法，來……毀滅所有的地球人？」

「當然是絕無痛苦的方法，我們不喜歡消滅生命，但是最愛惜財物的人，也會將垃圾掃出去，你明白了麼？」

我苦笑了一下，道：「地球人不全是垃圾，固然有奪權奪得天翻地覆的瘋子和白癡，但是也有許許多多愛好和平的好人。」

白衣人冷笑了兩聲：「由於你是一個地球人的緣故，所以這個問題，我不再和你作任何討論，你想知道的問題，我也無法作覆，因為如何使地球上的人類在一秒鐘之內盡數滅亡，而又絕不影響其他生物的方法，我們還在研究中。現在，由於我們行動的方針已然確定，我相信很快就會有結果。」

我心中在盤算着，如今和他徒作爭辯，自然也是多餘的事，我所要作的是，設法破壞和阻止他們毀滅地球人的計劃。

而我第一步所要做的，則是和巴圖、保爾兩人，一起離開這裏。

我相信巴圖一定有着和我類似的遭遇，那麼，我們就可以立即和世上各強國商議，用最新的武器，來毀滅這些外星怪人。

我心念電轉，裝着不在乎的神氣道：「我還有一個問題。」

白衣人倒十分客氣：「請問。」

我道：「在蒂卡隆小鎮上，所有的人，都曾見到月亮一度變成紅月亮，這自然也是你們弄的把戲了。」

白衣人道：「非常抱歉，不是有意的，而是在那段時間中我們有一些重要的裝備，需要運來地球，但是又不能被人看到，是以我們運用了一種射線，來改變人的視力，使人看不到有龐然大物自天而降。至於那種射線，會使視細胞中的紅色感應敏感，以致使月亮的反光中的紅色特出，那是一項副作用，我們事先未曾想到。」

我苦笑了一下。

我，是為了解決「紅月亮」的謎，總算已有了答案。

我呆了片刻，才道：「多謝你的解釋，我可以和我的朋友會面麼？」

白衣人道：「你們可以離去，但在會面、離去之前，你們必須接受消失記憶的手續。」

我陡地一呆，我又想起了我曾經失去的一天。現在我可以肯定，我所失去的一天，多半也是在這裏，在同樣的情形之下度過的。

但是我卻完全無法記得起，在這一天之中，我曾做過一些什麼事，曾發生過一些什麼事！

這當然是「接受消失記憶手續」的結果。

如果我再次接受這種「手續」，那麼，我豈不是仍然什麼也不記得？更不能設法去防止他們消滅地球人的計劃了麼？

我拚命地在想，有什麼法子，可以使我的記憶保存下來，不至於消失。

也就在這時，那白衣人又道：「由於月亮變成紅色一事，已給我們引起了不少麻煩，所以我們也已將所有看到過紅色月亮的人，和記載紅月亮，以及像你這樣，為了紅月亮而來的人，有關紅月亮的記憶，一起令之消失，那我們就不會再受到干擾了。」

我並沒有回答他，我只是在想，我有什麼法子，可以防止他消失我的記憶。

我問道：「你們真有辦法消失人的記憶？」

「當然有，我們用光束去刺激人的腦膜，可以隨心所欲地使人忘記任何我們需要人忘記的事。」

聽到這裏，我的心中，不禁陡地一動，如果他們是用光束刺激腦部的，那麼我如果用什麼東西保護了腦部，那是不是可以避免了呢？

我的確有一件東西，是可以保護腦部的，那是一副特製的假髮。

這種假髮，和別的假髮，看來並沒有什麼不同之處，但是那連接假髮的網，卻是鉑絲，和另一種合金絲編成的，有着超卓的避彈性能，尤甚於鋼盔。

當然，那也不是我的東西，而是巴圖在他的「異種情報處理局」局長任內，實在太過無聊，設計出來的東西。

這種東西，如果不是製作成本實在太高，早已被各國的軍隊所採用。

如果我套上這樣的一個金屬網，那麼是不是會使得對方消失我部分記憶的方法失效呢？

我不能知道這一點，但是我卻不妨試一下。

當我這樣決定了的時候，我伸手入衣袋中，握住了那團假髮。

這時，那白衣人已然道：「請你跟我來。」

他在前面走着，我跟在後面，當我來到了牆前的時候，我回頭看了一下，我看到了其餘的幾個白衣人正全神貫注地在控制台之前操縱着。

而我前面的那個白衣人，則正伸手向牆上按去，我就趁這機會，低了低頭，用極快的手法，將假髮套上。

當我套上了假髮，抬起頭來之際，牆上的暗門才打開，那白衣人跨了出去，我跟在他的後面。

我和他一起來到了另一間房間之中，那白衣人自牆上取下了一具儀器來，有一根長長的管子，對準了我的腦部，他道：「你最好不要亂動，如果你亂動的話，光束可能傷害到你腦膜的其他部分，那麼，吃大虧的，就是你自己。」

我只好照着他的指示，在一張白色的椅上坐了下來，我覺得十分慶幸的是，他未曾發現我的髮色已有多少改變。

（當然，在很久之後，我才知道，他們對顏色的反應很遲鈍，在他們看來，幾乎什麼全是白色。）

我剛坐下，「咭」地一聲響，一股光束，便自那儀器中射了出來，我只覺得眼前生出了一片極之眩目的光芒，令得我不得不閉上眼睛。

在那一剎那間，我是喪失了所有知覺。

這種完全沒有知覺的時間有多久，我也說不上來，但當漸漸又恢復了知覺的時候，感覺就像是被人用重物在後腦上，重重地敲昏了過去之後又醒來之時一樣。

我覺得頭十分沉重，左右搖擺着我的頭，力圖睜開眼來。

然後，我聽到巴圖的聲音：「你醒來了麼？別動，我用冷水來淋你！」

我含糊地答應了一聲，「嘩」地一聲響，一大盤冷水已淋到了我的頭上，這使我清醒了不少，我睜開了眼來，首先看到了巴圖。

巴圖就站在我面前，他的神情相當狼狽。

我轉過頭去，又看到了保爾。

之下。

保爾坐在地上，還昏迷不醒，而我們正是在公路的邊上，一大叢向日葵花

巴圖又去提了一桶水來，向着保爾，兜頭淋了下去，保爾的身子震了一震，揉着眼，醒了過來，莫名其妙地道：「什麼地方？我們怎麼會在這裏的？我曾經昏過去麼？發生了什麼事？」

我才被巴圖淋醒的時候，我的心中，也曾想起過和保爾如今所發出的同樣的問題。可是我卻沒有問出來。

但這時，我已清醒了許多，所以，我已然可以記起曾經發生過一些什麼事了。我手在地上按着，站了起來：「你等一會，就會全記起來了，巴圖，你可曾和那些白衣人打過交道？」

巴圖緊蹙着雙眉：「什麼白衣人？」

我呆了一呆，一時之間，還弄不明白他如此反問我是什麼意思。

是以，我不由自主地搔了搔頭。

在我一伸手搔頭之際，我抓到了還戴在我頭上的假髮，而就在那一剎那間，我明白了，我什麼都明白了！

我所戴上的「假髮」，的確對我的腦部起到了保護的作用，我的腦膜因之也未曾受到白衣人光束的刺激，我的記憶仍然保存着。

但是巴圖和保爾兩人，他們的記憶顯然已經消失！

我深深地吸了一口氣，又道：「你們一定什麼也不記得了，是不是？」

巴圖用力地用手指敲着他自己的前額：「我記起來了，這裏是什麼地方？這裏是西班牙南部的蒂卡隆鎮！」

「對，」我連忙回答，「你再想想，你為什麼而來？」

巴圖和保爾兩人，面面相覷，我又指向保爾：「你也想想你是為什麼來的，你應該記得的。」可是他們兩人的臉上仍是一片茫然。

我的心中感到一股寒意，因為那白衣人曾説過，他們要消滅所有人有關「紅月亮」的記憶，莫非他們已經成功了？

我焦切地望着他們，希望他們能夠記起來。可是在等了三分鐘，而他們仍然保持沉默之後，我忍不住了，我道：「你們為了月亮來！」

「月亮？」兩人的神色更茫然了。

「是的，在這個小鎮上，每一個人都曾經目擊月亮變成紅色，而你，保爾，也是三千多個目擊者中的一個，你真的什麼都記不起來了麼？」

保爾竟轟笑了起來：「你真愛開玩笑，如果我曾經看到過月亮變成紅色，那是我一輩子也不會忘記的，又何必要你提醒？」

我望向巴圖，巴圖也搖着頭：「月亮看來是紅色的？這太荒唐了，我當然不會為了這種荒唐的事來，我們或者是來度假的？是來拾貝殼的？」

我絕望了。

因為白衣人已然成功，他們已成功地消滅了所有人有關「紅月亮」的記憶，世界上怕只有我一個人知道曾發生過一件這樣的事，也只有我一個人知道有這些白衣人的存在了。

我呆了好半晌，才道：「巴圖，保爾，你們兩人聽我說，你們必須相信我所講的每一個字，因為我們現在所處的情形極之嚴重、極之危險！」

保爾顯得有點不耐煩，他聳了聳肩：「什麼事那麼嚴重，第三次世界大戰要爆發了？」

我幾乎破口大罵了起來，但是我只是冷冷地道：「你或許已全然不記得你為什麼來這裏，但是回到酒店中之後，你的行囊中，一定有不少文件，能使你想起一些事，我們快回去再說。」

巴圖的態度比保爾好些，保爾根本不相信我所說的話，但巴圖卻對我的話，保持懷疑。

有關「紅月亮」的文件，他記憶消失，但當他看到了那些文件的時候，他就會知道，他曾有記憶，我們又可以開始行動。

回到了酒店，進了房間，我一關上房門，立時道：「好了，巴圖，將你的文件拿出來，保爾，你蒐集的資料呢，快拿出來。」

他們兩人都不起勁，保爾更站立着不動：「你一定是瘋了，我哪有什麼資料？」

巴圖則打開了他的公文包，在他的公文包中，是一大疊雜誌，而不是我曾經看到過的文件！

我大聲道：「你曾經失去七天的時間，你不記得了麼？失去了七天！」

我以為這一點他一定記得的。

他只要記得這一點，那麼我就可以引導他進一步地記起其他的事來了——至少我希望這樣。

可是，巴圖呆了半晌，望着我，在他的臉上，現出了看來像是對我表示無限同情的神色來，然後才「哦」地一聲：「好朋友，你沒有感到不適？」我大聲道：「我沒有感到不適，你曾經失去七天，我則失去一天，我們是為了尋查月亮為什麼會變成紅色而來的，你這個蠢才！」

巴圖仍然搖着頭，他顯然認定了我有不適，所以我罵他，他也不在乎。

我只好平下氣來：「好了，你們都不相信我說的你們來這裏的理由，那麼我問你，你們是為什麼來到這個小鎮的？」

保爾立即道：「這個小鎮是我常到的地方，我是為攝影而來的。」

我指着巴圖：「你呢？局長先生。」

巴圖搖了搖頭：「奇怪，我記不起來了，或許根本就沒有目的吧？」

我嚴肅地道：「你們聽我說，一定要相信我的每一個字。」我抬起頭來：「如果有人不願意聽我的話，可以離去。」

保爾立即道：「我不願意聽。」

他提起了行李，走了。

我呆了半晌，說不出話來。保爾竟連聽我的話都不願意，我固然不在乎他的走不走，但是，他絕不考慮我的話的可能性，這令人極不舒服。

我轉頭向巴圖望去，巴圖用一種同情弱者的神氣望定了我：「衛，你一定有什麼不對頭了。」

我立即道：「不對頭的是你，你曾經被來自其他星球的人，用一種特殊的光束刺激腦膜，消除了你對紅月亮，以及對他們的記憶！」

他仍然用懷疑的眼光望着我，但是他究竟不同於輕佻浮滑、唯利是圖的保爾，他道：「好的，你不妨將事情講來聽聽。」

於是，我便開始講。

我講我在那些白衣人處的遭遇，又講述我何以能夠避免了光束刺激，而將那一部分的記憶保存了下來。我雙手抓住了巴圖的肩頭，用力地搖着他的身子：「你必須信我，你一定要信我。」

巴圖道：「好，你鬆開我，我信你。」

我放開了手，後退了一步，然後道：「巴圖，你不是真的相信我的話，是不是？」

巴圖轉過身去：「除非你自己也不信自己所講的，否則你怎會有這種念頭？」

我喜道：「那麼你相信了？」

巴圖點着頭，道：「照你所講的，事情極其嚴重。」

我忙道：「當然嚴重——對了，還有一件事，是可以證明我所講的話不假的，那場足球暴動，你可以打長途電話到任何一個通訊社去問，是不是有這樣的一場足球暴動發生！」

巴圖道：「我已經相信了你的話，不必多此一舉。事情既然如此嚴重，那我要立即回去，將一切報告上去，而且，立即要調派可以查知、毀滅那些白衣人的基地的武器來。」

我道：「那當然是當務之急，可是，我們是不是打得過他們？」

巴圖苦笑着：「我們必須打，要不然，我們就只好等着被他們消滅。」

我來回踱了幾步：「巴圖，我們一點證據也沒有，你想，如果你將事情報告上去，決策的將軍們，會相信你的報告？」

巴圖苦笑了一下：「他們當然不會相信，但是你放心，我有方法令得他們相信，這是我的事，我們必須分工合作，我立即動身，你留在這裏，隨時注意事情的進一步發展。」

我問道：「你需要多久，然後可以有結果？」

「盡量快！」巴圖回答着，他已着手在整理行李箱了。

兩分鐘之後，巴圖離去。

我頹然地坐在沙發上。

有許多事，發展的細節難以預料，但是事情會有什麼樣的結果，總是可以斷定的。

可是如今這件事會有什麼樣的結果，卻無法知道，那些白衣人，他們會成功麼？他們成功了，那自然是人類的末日到了。

可是，正如他們所說的，人類是不斷地自掘墳墓，末日是總會來到的。

人類的末日！這實在是不能想下去的事！

第九部

外星生物奇異行動

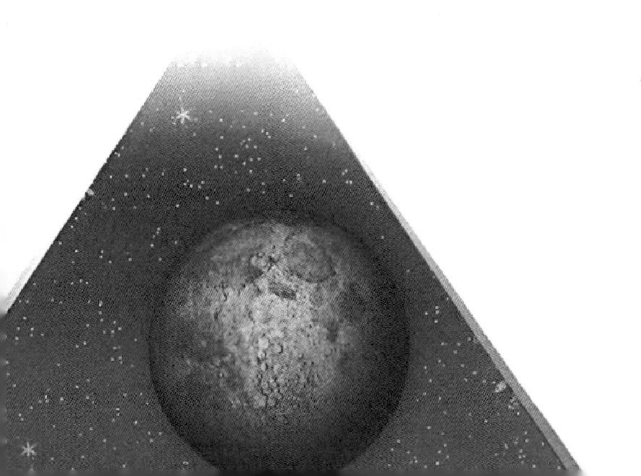

我在沙發中坐了好久，才洗了一個淋浴，在牀上躺了下來，很久之後，我才睡醒，那已經是第二天的中午了。

我是被一陣敲門聲吵醒的，我睜開眼，坐起身，大聲道：「請進來。」門被用力地推了開來，推開門的是史萬探長。

這個狡猾的大胖子，為什麼一早便急於來看我，使我的心中，十分疑惑，我冷冷地望着他，只見他的面色，十分難看。

他「碰」地關上了門，向前走出了幾步，然後，坐倒在沙發上，不住地喘氣。

我望了他好一會，他才道：「他們全死了，他們全死了啊！」

那兩句話的後一句，簡直是帶着哭音叫出來的。

我聽他的話，嚇了老大一跳，他們全死了，那是什麼意思，莫非白衣人毀滅地球人類的計劃，已提前實行，而小鎮上的人全死了？

我一躍而起，但是在躍起之後，我又不知該說什麼才好，我揮着手，竭力想表示我心中的焦切，可是史萬卻一點也未曾注意我，仍然不斷在重複着：「他們都死了，死了！」

我衝到了窗前，拉開了窗子，向外看去。

外面人來人往，依然和平時一樣，這令得我大大地鬆了一口氣，我轉過頭來，埋怨道：「探長先生，你說誰全死了？」

史萬語無倫次地道：「他們，不，我是說我們。」

我不耐煩起來，向浴室走去：「你最好自己先明白，是他們還是我們，再來和我說。」

可是史萬卻拉住了我的衣角，不讓我走，而且哀求道：「別走，你別走，他們全死了，我說的他們，是和我一樣，為那個神秘集團做事的人。」

我陡地一呆：「除了那兩間吃食店的男女老闆之外，還有什麼人？」

史萬道：「還有七八個人，其中有幾個還是由我指揮的，昨晚，他們有的自峭壁上摔下來，有的在家中暴斃，如今，只剩下我一個了。」

我的心頭亂跳，白衣人方面，顯然已完成了他們對地球人的調查工作，而決定開始行動了！

他們要開始行動，第一要務，自然是保持他們在地球上的極度秘密，他們絕不能讓任何人知道有他們的存在，他們要消滅所有知道他們存在的人！

而且，他們對付知道他們存在的人，手段也是有分別的，像我、巴圖這樣的人，他們只是消滅我們的記憶，但是像史萬、普娜這樣，曾經被他們利用，受過他們好處，正式是他們走狗的那些人，他們則毫不猶豫地將之殺死，絕不可惜。

是以，這時史萬雖然還坐在我的面前喘氣，但事實上，他已是一個死人！因為沒有人有力量可以防止白衣人奪走他的性命。

我搖了搖頭：「我沒有法子，你也不必拉住我的衣角，你為了賺錢，自然想到應有今天的結果。」

史萬幾乎哭了出來：「你可以救我，你可以，我知道你們……你們有極大來頭的，你們可以救我，救救我！」

我剛想說，如果是一個什麼犯罪集團的話，那我們當然可以救他，但如今，那個神秘組織，卻是由另一個星球的高級生物組成！即使巴圖能夠調動得到最新的裝備，我也不一定可以肯定敵得過他們！

可是，我話還未曾請出口，史萬的情形便不對頭了，他像是離了水的魚兒一樣，大口大口地喘着氣，雙手在空中亂抓亂摸。

我抓住了他的衣領，用力提起他那沉重的身軀來：「喂，你怎麼了？你怎麼了？」

史萬軟得像一團泥一樣，面色開始變，我一鬆手，想打開門來大叫，可是，我才一轉身，便聽得史萬的喉嚨中，響起了「格」地一聲響。

我不必再去叫什麼人，史萬已經死了，這個胖傢伙死在我的房間之中，這對我來說，無疑是天大的麻煩！

我再也不能在這個小鎮上住下去了，如果我在這裏的話，我有什麼法子可以洗得脫我和史萬之間的關連？我用最迅速的手法，收拾好行李。將史萬拖進了浴室之中，然後，我在他的身上，找到了一串鑰匙，我離開了酒店，來到了史萬的辦公室中，在史萬空無一人的辦公室中，我很快地就找回了自己的旅行文件，而且，我還駛走了史萬那輛老爺車。

等我來到了最近的火車站，又搭火車來到了一個較大的城市之後，我才決定，先到馬德里去住上幾天，等候巴圖的消息。

在那個城市中，我打了一個電報告訴巴圖，我將會在馬德里的帝國酒店之中。

第二天，我到達了這個美麗的城市，住進了那間第一流的大酒店。

我以為一定可以在酒店之中，安穩地等到巴圖來告知我他回去辦交涉的經過。

卻不料我才進酒店的當晚，正當我想獨自出去走走的時候，突然有人叩門，我打開了門，進來的是一個穿黑衣服的小個子，是酒店的侍者，他的手中，捧着一隻半呎見方的盒子。

那盒子包裝得十分好，那人進來，向我一鞠躬，道：「先生，有人將這包東西交給櫃台，託我們轉交給你。」

我還並沒有怎麼在意，只是道：「請放下。」

那侍者放下了盒子，就轉身離去了。

我在侍者將門關上了之後，心中才陡地一動，這盒子是誰交給我的呢。誰知道我住在這裏呢？我的行蹤，除了巴圖之外，沒有人知道。

我心中愈想愈是疑惑，然而，正當我要向前走去，將盒子拆開來之際，忽聽那盒子講起話來。

說盒子「講話」，未免太駭人聽聞了些，事實上，是盒子中發出聲音來。

那盒子之中發出來的是人聲：「衛先生，你還記得起我的聲音麼？」

那種聽來生硬，不怎麼流利的聲音，我十分熟悉：那些白衣人的聲音。

可是，我卻立即想到，我絕不能讓那些白衣人知道我仍然記得他們，他們顯然在跟蹤我，想試探我是不是還記得他們，所以才送了這樣的一隻盒子來。

所以我十分駭然地後退，像是他們可以看得見我一樣：「你是誰，這是什麼？這是什麼意思？為什麼會……有聲音的。」

那聲音繼續道：「你真的認不出我的聲音了？你也不記得我的樣子了？我喜歡白色，你記得我的樣子？我喜歡白色，你記得麼？」

我假裝喘着氣：「你……是什麼玩意兒，誰在開玩笑？」

那聲音停了十秒鐘，才道：「很好，你什麼都不記得了，那對你有好處。」

那句話才一講完，只聽得「啪」地一聲，盒子爆了開來，冒出了一股濃煙。我連忙走向前去，只看到一些金屬碎片，當我伸手去拾起那些金屬片的時候，我被金屬片燙得「吱」地一聲，手指上的皮，焦了一小片，起了一個水泡。

白衣人當然是在試探我，認為我的確是不記得他們了之後，才使傳音器爆毀，不留下任何證據。我呆立了好半晌，心頭亂跳。

我又想起我在白衣人的總部之中，看到那大電視中的情形，他們似乎有本領將地球上任何角落發生的情形，都傳到眼前去，那麼，我在什麼地方，當然絕對瞞不過他們。

而且，我想，巴圖如果去調動軍隊，他們一定也可以早知道，那麼，即使巴圖調動到了軍隊，豈不是只是造成更多人的犧牲？

我想了不知多久，一點辦法也拿不出來，我只好等着，等巴圖來了，再和他商量。

我在馬德里的第一流大酒店中，度日如年，足足住了七天，巴圖才來到與我相會。

巴圖的神色，比他離去的時候，更要憔悴得多，他見了我，將一隻手提箱用力放在椅上，人則向沙發中一倒，一聲不出。

我十分同情他，因為看他的樣子，一定是受到挫折，所以才這樣沮喪的了。

他坐了好一會，才道：「我交涉成功了。」

這一句話，是全然出乎我意料之外的，我猛地一呆，喜道：「你成功了，那不是再好也沒有了麼？何以仍然這樣不高興？」

巴圖苦笑着：「成功是有條件的，條件便是，那個神秘星球人的總部，究竟是在什麼地方，更有明顯的目標，和這個總部存在的確實證據。一有了證據，有關方面便會派一艘核子潛艇給我們，在水底發射毀滅性的飛彈，如果沒有，那就——」

巴圖講到了這裏，攤了攤手，表示如果沒有這一切的話，那就什麼都不必說了。

我呆了片刻，安慰他道：「這已經很不錯了，我們去蒐集資料！」

巴圖望着我：「你有信心？」

我點頭道：「有，但是我知道你沒有，因為你已什麼也不記得了，或許，你認為根本沒有我所講的這一切。」

巴圖不說什麼，站了起來，來回踱了幾步：「我們是好朋友，不管我是不是信你，或者是不是有自信，我一定聽你的。」

我笑了起來，這才真的是朋友。因之我又將我的麻煩，和巴圖講了一遍，我們一致認為，再在蒂卡隆小鎮上出現，絕不合適。

而我們也斷定，白衣人的總部，必定是在小鎮附近的峭壁之中。

於是，我們決定採取從海面上逼近的辦法，由巴圖去聯絡一切。第二天，一架小型飛機，將我們載到了一個海軍基地。一艘小型的炮艦，載我們出發，來到了我們要搜索的目的地，離岸一浬處停下。

然後，又有一艘十分華美的遊艇，將我們送到了離沙灘只有兩百碼處泊定。

我們利用高倍數的望遠鏡，可以清楚地注視着鄰近小鎮的峭壁，我們兩人輪流窺視，監視了四十八小時之久，可是卻什麼也沒有發現。

直到我們幾乎要放棄了，才看到了一件怪現象。

那時候是在午夜，我們看到近峭壁的一處海水中，不斷地有氣泡升了上來，維持足有半小時之久。

在海底有氣泡冒起來，這本來不是什麼異特之事，有可能是海底的沼氣以及其他的原因等等。

但是，我們卻看到那些氣泡由一種奇異的氣體所造成。

那種氣體，呈深藍色，如果不是仔細觀察，不容易看出來，因為那時正是深夜，海水也是深藍色。

我們還發現，那種氣體的比重相當重，因為它從水中冒了上來之後，在海面上平鋪了開來，使得那一塊海面的顏色，變得更加深藍色。

我們一直注視着那種奇怪的變化，我們主要的目的，是蒐集證據，是以，我們並沒有立即採取行動，而巴圖則在一發現這等現象時，便立即利用精巧的活動攝影機，將這種情形攝下來。

當然，僅僅是在海中有深藍色的氣體冒出來，這並不能證明我們所講的那一切的確存在，我們還必須期待着進一步的發展。

一小時之後，我們期待的變化出現了。

那時，自海水中冒起來的那種氣體已展佈了很大的一個範圍，而就在這時，海面上響起了一種「吱吱」的聲響，那種聲響十分輕微，聲音由一個急速的漩渦所發出來。

那情形就像你將一個積滿了水的水池池底的塞子拔去時，水旋轉着向下流去時，所形成的那種急流的漩渦。

海底當然不會有什麼漏洞，事實上，自那個急流漩渦中，被吸進海水中去的，也不是海水，而正是那種深藍色的氣體。

那種氣體從海水中冒出來，這時又被吸進海水中去！

我一伸手，拿起一副潛水用具，便向身上套去。巴圖低聲道：「做什麼？」

我向前一指：「我到水底下去看看！」

巴圖卻笑了笑：「不必了，我早已將一副水底攝影機沉到水下，那副攝影機不但有紅外線鏡頭，而且還有遠攝鏡頭，它所攝到的一切，一定比你看到的要清楚得多！」

我猶豫一下：「親自看一個究竟，可以對事情更有幫助。」

巴圖嘆了一口氣：「那可能極危險！」

我很感謝巴圖對我的關切，但是我卻無法同意他的話。因為這絕不是一件不冒危險便能成功的事！

我們不但要冒險，而且拆穿來說，我們的生命，可以說毫無保障，因為那些白衣人，隨時隨地，可以毀滅我們！

我又取起了一副潛水鏡，那副潛水鏡不但可以使我的眼睛免受海水的侵蝕，而且還配有紅外線鏡片，可以使我看清黝黑的海底的情形。

我再取起了一柄水底發射的強力箭槍。巴圖一聲不響地望着我。然後，在我已將躍進水中之際，他才在我的肩頭拍了一拍：「小心，朋友，小心。」

我聽出他的聲音十分傷感。

這不應該是像他那樣一個傳奇式的英雄人物的聲調，我忙道：「我會沒有事的，你自己覺得怎樣？」

巴圖苦笑了起來：「不可抗拒！我如今的感覺是，我們正抗拒着不可抗拒的力量！」

我呆了半晌，才道：「巴圖，我們必須這樣做，不管是不是可以成功，非如此做不可，地球人正在面臨被毀滅的威脅！」

可是，巴圖的回答，更是出乎我的意料之外，而且是使我極其震驚的，我一時之間，幾乎不相信那些話是巴圖所講的！

巴圖道：「我們為什麼要替地球人出力呢！人類的醜惡，已使地球失色，而且，人類既然那麼熱中於自我毀滅，有什麼理由對人家要來毀滅我們，如此激動！」

我足足呆了好半晌，才道：「巴圖，這是怎麼一回事，你也是地球人啊！」

巴圖的雙手掩住了臉，足有半分鐘之久，才道：「是的，我也是地球人，但是我實在恥為地球人，在如今的時代中，人竟可以下流到這種程度，那實在使我感到地球人之可恥。」

我曾將我和白衣人會見的一切細節、一切對話全講述給巴圖聽過。但是如果我事先知道這些對話竟能給巴圖以如此深刻的印象的話，那我一定不會說的了。

當時，我呆了好一會，才緩緩地道：「巴圖，從如今的情形來看，人類的確是在走着自我毀滅的道路，但焉知發展下去，沒有轉機？而且，一個人蓄意自殺是一件事，被人謀殺又是一件事，我們必須盡全力來阻止那些外星人的計劃。」

巴圖當然未曾被我那幾句話所說服，但是他卻道：「衛，你是我的朋友，我已經說過，你要做什麼，我總是幫助你的。」

我勉強笑了一下：「多謝你，那麼，我下水去了，請你注意和我聯絡，我將不斷地將我的所見告訴你。如果我——」

我講到這裏，略停了一停，才繼續道：

「如果我不能回來了，那麼請你告訴我的妻子，叫她……叫她痛快地哭幾場，但不要難過太久。」

我這幾句話，也和我平時的為人，大不相合。本來我天不怕地不怕，從來也不會這樣婆婆媽媽。但這時，或者是巴圖的態度影響了我，或者是事情實在太過兇險，我竟也傷感了起來。

巴圖不等我講完，便轉過了頭去，他的聲音十分生硬：「我知道了，廢話，你不會有事！」我苦笑了一下，攀下了船舷，身子沒入了水中，海水十分冷，我禁不住打了幾個寒噤。但是這種寒冷的感覺，在我完全潛進了海水之中後，便已消失，我沉到我可以觸到了海底時，才向前游動着。

通過有紅外線裝置的眼鏡，我可以看清海底的情形，我看到成群的魚呆呆地棲息在珊瑚叢中，我也看到有兩條巨大的魟魚在輕搖着它們的身子。

我漸漸地向那個冒出奇異的氣體的地方接近，當我估計，我約莫游出了一百二十碼之際的時候，我看到了那兩個白衣人！

就是那種白衣人，他們自頭至胸，都被白色的衣服所遮蓋着，令得我奇怪到幾乎不相信自己眼睛的是，那兩個白衣人身上是穿着白色長袍的。

照我們地球人的概念，白衣的長袍，在水中是一定會揚起來的。

但是那兩個白衣人身上的白袍，卻一點也沒有揚起來的迹象，以致在剎那之間，我還以為是身在陸地上，而不是在水中！

由於我行動十分小心，而海底又十分黝黑，所以我猜想，那兩個白衣人並沒有發現我。

我立即停止了前進，那地方，恰好有一大叢海帶，我就將我的身子，妥善地藏進了那一叢海帶之中。我的行動，驚動了幾十條的海鰻，它們迅速地向前，竄游了開去，令得海底的沙揚了起來。

我身子藏得十分好，而那兩個白衣人，看來也正在專心一致地從事他們的工作。

我按下了無線電對講機的掣，低聲道：「巴圖，我看到他們了，我看到他們中的兩個，他們的手中，正捧着一個十分大的金屬筒……」

那兩個白衣人的手中，的確是捧着一隻十分巨大的金屬圓筒，那金屬圓筒是灰白色的。在金屬圓筒的一端，有着一根細長的管子。

那細長的管子直通向海面。

我相信一定有一股極大的吸力，是從那根細長的管子中所發出來的，吸進那種氣體，使得海水發出「吱吱」聲的，當然是那根細管了。

看他們的情形，像是正在蒐集那種綠藍色的，比重相當重的氣體。

可是，這種氣體，事實上卻是從海中冒上來的。

這就使得我莫名其妙，不明白那究竟是怎麼一回事。

我一面將看到的情形，不斷地告訴着巴圖，一面仍然用心地注視着前面的情形。而巴圖也將他在水上用望遠鏡觀察所得的情形告訴我，他道：「海面上那種濃藍色的氣體，愈來愈少了，現在，急漩也停止了，海面上已完全沒有那種氣體了！」

等到他這一句話出口之際，我看到了那兩個白衣人的身子移動了一下，同時，那圓筒上的金屬管，也已然縮了回來。

那兩個白衣人中的一個，抱住了那圓筒，另一個則是空手，他們轉過身，向前走來。

他們的行動，和在陸地之上，一模一樣，完全沒有在水中那樣遲緩的感覺。這實在不可思議，水的阻力和空氣的阻力，截然不同，何以他們在水中的活動竟能如同在空氣中活動一樣呢？

我看到他們走出了十來碼左右，來到一塊巖石之前，走在前面那個空手的白衣人，伸手去推那塊巖石。

隨着他的推動，那塊巖石，居然緩緩地移動了起來，直到巖石被推出了三尺，海底上出現了一個洞為止。

如果我是在陸地上看到這種情形的，那我或者還不至於奇怪，可是這時，我必須睜大了眼睛，才能相信我所看到的是事實。

因為在陸地上，出現一個地洞，那是平常之極的事情，可是這時卻是在海底，海底有地洞，海水會灌進去，有什麼可以抵擋得住海水的壓力？

那兩個白衣人進了海底的那個洞，那塊巖石也移回了原來的地址，遮住了那個洞時，我才大大地透了一口氣，連忙又向前游了出去。

我游到了那塊巖石之旁，繞着巖石，游了一遭，看不出什麼異狀來。

我勉力鎮定心神，沉聲道：「巴圖，我已將剛才我看到的情形，告訴過你了，現在，我決定進去看看。」

巴圖的聲音立時傳了過來：「先回來和我商量一下！」

我回答道：「不必了，我有小型攝影機，我相信我這次冒險進去，只要能夠生還的話，一定大有所獲。」

我聽得巴圖喃喃地在道：「如果能生還的話，唉！」

我沒有再理會他，只是道：「現在我已推開大石，我向下沉去了！」我向海底的那個洞穴沉去。

我自問經歷過許許多多冒險的經歷，但是卻沒有一次像如今那樣的，我竟向海底的一個洞中沉下去，我大約下沉了十碼左右，便已踏到了實地。

這時，我又看到，在我前面的，是一扇門，伸手推去，門應手而開，展現在我前面的，是一條極長的通道，通道中相當明亮，清澈的海水，閃耀着淺藍色的光芒。

那條通道，是斜斜向上的，我看不到它的盡頭處情形如何，因為人在水中，看不到水面上的情形。

這時，我多少已有些明白了。

我明白：這條通道，必然通向白衣人總部，那極可能是一個大巖洞，巖洞的原來入口處，一定已被他們封住了。

我順手將門關上，向前繼續游了出去，等到一聲水響，我終於冒出了水面之際，不出我所料，那果然是一個大巖洞。

巖洞中的光線，十分明亮，但是卻沒有人。

我從水中爬了起來，上了巖石，找了一塊可以隱藏的大石，躲在石後，然後再仔細打量着那巖洞的情形。

我第一眼，就看到了那巖洞中有一扇金屬門。

而那金屬門的上半部，則有着許多閃耀明滅不定的小燈。那當然是一扇電子門，離我大約有七八碼遠近。

我在尋思着，我已經快要到達目的地了，但是我是不是能走進這扇門去而不被發覺呢？

我一面想着，一面已按下了攝影機的自動掣，那樣，每隔半秒鐘，我所攜帶的超小型自動攝影機，便會拍上一張相片。

我躲在石後，尋思着怎樣才能不被對方發覺而走進那扇門去，可是想來想去，不得要領，我正待不顧一切，到了門前再想辦法時，忽然聽得那門上發出了一下尖銳的聲響來。

我本來是一步已然跨了出去的，但這時卻又縮了回來，仍然躲在石塊之後。

在那一下尖銳的聲響發生之後，約莫過了兩秒鐘，我又聽到了金屬的移動聲，那扇門打了開來，一個白衣人，向外走來。

那白衣人走出來之後，門又自動關上。

但是在那扇門一開一關之間，我卻已看清，門內又是一條通道。

第十部

白衣人醜惡的真相

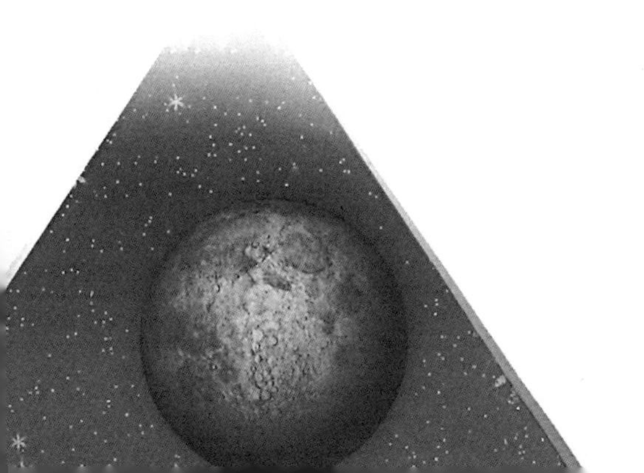

而那白衣人出來之後，向前走來，他走得十分快，在他來到海邊上的時候，停了一停，我聽得自他的身子中，發出一種異樣的聲音來。

自他身上所發出的那種聲音，十分難以形容，就像是錯了紋的唱片，再用不適當的速度去播放。我當然不明白那一陣古怪的聲音是什麼意思，或許他是在喝問「石後是什麼人」也說不定。

我仍然躲在石後，一動也不動。

然後，我看到了那白衣人的身子，抖動了起來，那件白色的衣服，齊中裂了開來。

在那件白色的衣服齊中裂了開來之後，有一個物事，從白衣服中，走了出來。

那時，我的眼珠，幾乎奪眶而出，我要竭力地咬住我的舌頭，才能使自己不發出任何的聲音來。

我從來未曾見過那麼醜惡的東西！

那簡直不是東西。

實在難以形容，因為那不能算是什麼，勉強要形容的話，那東西看來，倒很像一隻用舊了的地拖。但是那地拖卻有兩隻柄。

那東西大約有四尺高，它的下半部，只有兩根棍子也似的東西，那兩根棍子也似的東西，也不是平滑的，而是有着許多膿包一樣的隆起。

如果光是膿包也似的隆起，或者還不至於會給人以如此醜惡的感覺，偏偏那些隆起的物事，在不斷地緩緩膨脹，到了一定的大小之後，又癟了下去，此起彼伏，看來實在是難看之極。

在那兩根棍子也似的物事之上的，則是一個圓筒形的東西，從那圓筒形之上，有許多一絲絲一縷縷的東西，倒掛了下來。所以我才說它像是一把用舊了的地拖。

我雙眼定定地看了那東西許久，我的腦筋才轉了過來，我明白了，那東西，就是白衣人，就是想要消滅地球人的「人」！

我看到那東西自那件白衣服中走出來之後，那件白衣仍然兀立在石上，像是用鐵皮製成的一樣。

那東西不斷發出那種古裏古怪的聲音，然後，我又看到他身上的幾條「觸鬚」（我只好這樣稱呼那些條狀物）動了起來。

看來，他身上所有的觸鬚，都可以自由地伸長，其中有兩根，甚至伸得長到七呎左右，「啪啪」地打着水，像是他在白衣中悶得太久了，這時出來，玩一下水，散一下心。

他「玩」了足有十分鐘，才退回到了那件白衣之中，那件白衣服，又合了起來，看來，他仍是一個和地球人相彷的白衣人。

但是如今我卻已經知道，包在白衣之中的，竟是那樣醜惡的一個東西。

那東西回到了白衣中之後，卻並不回去，而是一步跨進了水中，沉了下去。

直到白衣人消失在水中，我才如夢初醒。我真懷疑剛才那一段時間中，我是不是曾經呼吸過，我如夢初醒之後，心中不禁十分後悔我剛才沒有採取行動！

因為我的手中，有着殺傷力極強的箭槍，只要我一發射的話，這東西一定凶多吉少！

但是，那種想法，在我的心中，也只不過是一閃而過，因為我立即又想到，我殺了這東西之後，下一步又該怎樣呢？

除非我能殺死他們的全部，要不然，只殺死了他們中的一個，又有什麼用處？

我該怎麼辦？我蹲在石後，不斷地在想着：我該怎麼辦，我又等了大約十分鐘，只聽得一聲水響，那白衣人已從水中，爬了上來，向那扇門走去，他來到了門前，伸手在門口的一排按鈕中的幾個，按了一按。

他的手，我本以為他們是戴着手套的，但現在我已知道，那手套之中，全然不是手，而只是五根運動靈活的觸鬚而已。

在按了幾下之後，門便自動地打了開來，那東西走了進去，門又關上。

我又看清了門內的情形，門內是一條通道，通道之中並沒有人，那也就是說，如果我走進了那道門，我有機會躲起來不被人發覺。

當然，剛才那東西拍打海水，從白衣走出來等等情形，早已攝入相機，如果我能夠進這扇門，再安然而出，那麼我想，我蒐集的證據，可以說夠多了。而且，剛才那東西按動那些掣的時候，我已記下了次序，如果那便是開門的方法，那我可以打開這扇門。

在我還未曾進去之前，我又按下了和巴圖的通話掣，我低聲叫道：「巴圖！巴圖！」

可是我一連叫了七八聲，塞在我耳中的通話儀中，卻沒有傳來巴圖的聲音，這是什麼緣故？我和巴圖間的聯絡，為什麼中斷了？

我又叫了兩分鐘之久，仍然得不到巴圖的回音，這不禁使我十分擔心，但是在如今這樣的情形下，我勢不能退出！

我決定先進去再說，是以我從大石之後，走了出來，來到了那扇門前，照着剛才那東西的手法，按動了五個掣鈕。

那扇門打了開來，我立時閃身而入。

一走進了門，便急急向前走出了幾步，來到了另一扇門前，背靠門站定。

我一面站定，一面用背去頂那扇門，因為我如果可以將那扇門頂開的話，就可以有一個藏身之所，再作下一步的打算。

我背部才一用力，那扇門竟立時打了開來，我心中一喜，連忙後退了一步，退進了那門內，又連忙將那扇門關上，鬆了一口氣。

但是，我那口氣還未鬆完，便聽得我的身後，傳來了一個生硬的聲音道：「哈，我們的朋友又來了，朋友，這已是第三遭了！」

一聽得那聲音，我幾乎僵硬——

我自己也不知我僵直地站立了多久，才轉過身來，看到我面前站着一個白衣人。

正如那白衣人所說，我們相見，這已是第三次了，至少在我的記憶之中，這也是第二次了。

但是這一次，卻和第一次大不相同，這一次，我已知道了在白衣人之中，竟是如此醜惡的一個滿是觸鬚的東西，那怎能不令人毛髮直豎？

我一聲也不出，那白衣人卻漸漸向我走來，我突然尖叫了起來，道：「別靠近我！」

那白衣人站住了，但是他卻道：「你講錯了，是你接近我，你到我們這裏來的，怎說是我接近你？」

我大聲道：「這裏是地球，而你們是從三十萬光年之外來的，誰接近誰？」

白衣人被我駁倒了，他無話可說，只是來回踱着，過了半晌，才道：「朋友，你這樣做，實在十分愚蠢，我們在地球上，除了你之外，絕沒有第二個人知道。」

我回答道：「這是我的不幸，但是也可以說，還是你們的不幸。」

他道：「你沒有反抗的餘地！」

我陡地揚起手來，扳動槍機，四支有着極其鋒銳的箭鑽的箭，「嗤嗤」地射了出去。

那四支箭，都射中了他的身子。

可是，那麼鋒銳的鋼鑽，竟然不能射穿那件白色的衣服分毫，我想要打開那扇門，向外逃去，但是當我才一轉身之際，我的肩頭，突然一緊，像有一隻手向我搭過來。

但是，當我回過頭去一看之際，我尖聲叫了出來。

那不是一隻手，搭在我肩頭上的不是一隻手，而是一根觸鬚。

那觸鬚的直徑，約有一吋，它已緊搭在我的肩上，將我向後拉去，我一翻手，握住了那根觸鬚，可是立即有另一根觸鬚，纏住了我的手腕。

緊接着，我的腦後，又受了重重的一擊，那一擊，使我陷入了半昏迷狀態之中，完全失去了抵抗能力，身子向後，倒了下去。

我並沒有昏迷，但是我知道在這樣的情形下，我最好裝着我已然昏了過去。

我最擔心的是那具小型攝影機，它藏在我的頭髮之中，如今已蒐集到了足夠的資料，可以令得巴圖採取行動。

但如果那具小型攝影機失去了的話，就什麼都完了。

我倒在地上之後，我聽得那白衣人發出了一下如同嘆息也似的聲音來。

接着，我被人抬了起來，開門處，又有一個白衣人推着一張擔架也似的東西，走了進來，我被抬上去推了出去。

我進入了一間極大的房間中，有八個白衣人在，他們圍住了我，看他們的情形，分明是在對着我，討論着應該如何對付我。

但是，我卻聽不到他們的聲音。

我思疑他們之間是可以心靈相通的，他們一定相互間可以知道對方的心意，因為我未曾聽到過他們相互間交談。

他們圍住了我，足有十分鐘之久。

而在那十分鐘中，我一直在假裝昏迷。十分鐘之後，有一個白衣人轉身離去，他立即又再出現，他推了一輛車子前來，在車上的是一具十分複雜的儀器。

我知道，那一定就是他們要進一步消除我記憶的那具儀器了！

我是不是繼續假昏迷呢？還是我應該「清醒」過來，和他們大打出手？

我還在考慮我應該怎樣，他們已經先採取行動，他們之中的一個，突然發出了「唰」地一聲響。

隨着那一聲響，他那件白衣的當中，出現了一道裂縫，而就在那道裂縫之中，有兩條蛇也以的觸鬚，直伸了出來，纏住了我的一雙手。

我禁不住大聲叫了起來，在我的大聲叫喊中，第三根觸鬚，又裂衣而出。

那一根觸鬚，粗得像手指一樣，在空中揮舞了一下，像是一根鞭子一樣，擊在我的頭上！

那一擊之力，十分之沉重，令得我再也叫不下去。

而幾乎是在同時，那推着儀器的兩個白衣人，也將儀器推得更近，自那儀器之中，發出了一陣「吱吱」的聲音。

那只不過是電光石火，一剎那間的事，而在那一剎那間，事情又發生了變化，又是兩根觸鬚，纏住了我的脖子，令我喘不過氣來。

然後，便是兩股光束，一起射向我的太陽穴。

再然後，我的視力突然消失。

我不說我看不到東西，而說我的視力消失，那是有原因的，因為我這時所感受的，十分奇特，我並不是看到一片黑暗，我的眼前，只是一片灰濛濛地，但是我根本看不到任何東西。

我勉力掙扎着，想要轉動身子，但是那幾根觸鬚的力道，卻非常之大，令得我一動也不能動，我所可以動的，只是雙腿，不斷地蹬着。

在那時候，我的腦中，開始就想起了許多奇怪的、年代久遠的事情來。那些事，本來全是毫無意義的，而且是早已忘記的了。

但是如今，這些事卻一一浮上了心頭，這些事之瑣碎，使得記起了它的我，也感到吃驚，例如小時候撕下了蒼蠅一邊的翅膀，讓蒼蠅團團打轉，又例如極小的時候，撒嬌要吃冰糖葫蘆等等。

幸運的是，我早有了準備，戴上了那「假髮」，我相信它能保護我的腦部，當我終於昏了過去，醒來之後，在海邊，我完全知道曾發生過什麼事！

睜開眼，我就看到巴圖，他也不知道為何會中斷聯絡，我向他說了經過。

我道：「我們的對手，來自外太空，在我們看來，可以發射水底火箭的潛艇是了不起的武器了，但是在他們看來，卻等於是有人抓了一支牙籤，去向手槍挑戰一樣！」

巴圖作出了一個極之無可奈何的表情，道：「如今我們連牙籤也沒有！」

我道：「我們擺下了大陣仗去和他們對敵，容易暴露，如果就是我們兩個人，他們反倒不注意。」

巴圖沉默着，並不回答我。

我吸了一口氣：「巴圖，如果你感到太危險，你可以退出。」

巴圖沉聲道：「如果不是好朋友，為了這一句話，我就可以和你打架。」

我道：「你不能怪我，剛才你不出聲，我不知你心中在想些什麼，不得不這樣對你說。」

巴圖突然笑了起來：「你以為我膽怯猶豫？當然不是，我只不過在想，我們這樣潛水下去，有什麼能力去戰勝他們？只怕一切仍然是歷史重演，我們又被擒住，然後，我們有關的記憶再度消失！」

我點頭道：「你的話有道理，我只好告訴你，這本來是一件死馬當做活馬醫的事。」

巴圖豪爽地笑了起來：「好，那麼我們就去醫那匹死馬吧！」

我和巴圖一直來到了巴圖藏着一些工具的岩洞中。

巴圖有着全套的水肺和許多氧氣筒，還有一具可以攜帶兩個人以及多筒氧氣的海底潛水器。

巴圖指着這些東西笑道：「你看怎麼樣？我看足夠了。」

我喜出望外了，那具潛水器可以減少我們不少麻煩，我們各自套上水肺，然後將潛水器推到了海中，將之發動，我們兩個人伏在上面，一手抓住了潛水器，一手抓着一支魚槍，我們腰際間的皮囊中，還有不少實用的東西。

潛水器的前進速度並不是十分快，也正因為如此，所以我們可以看到清澈的海水中來往的一切美麗的魚類。它們的形狀之怪異和顏色之艷麗，超乎人的想像力之外。

我們操縱着潛水器，經過了好幾簇珊瑚礁，然後，突然停了下來。

停了下來的原因，是因為我們看到了前面約兩百碼處，有一個奇異的東西，正在移動着。那絕不是海中的怪生物，當那東西漸漸浮出了水面的時候，它還帶着一件白色的衣服，而那東西——唉，雖然我已不是第一次看到他了，但是我仍然難以用適當的形容詞來形容出他的模樣來。

我們停在一大堆淡黃色的珊瑚礁之後，跟着那些東西進了那件白色的衣服中。

然後，我們看到了那「白衣人」在海水之中，像是一隻鐘形的水母一樣，自得其樂地在飄來飄去，看來這傢伙像是在度假！

我按下了無線電通話儀的掣，道：「巴圖，你看到了沒有？」

「看到了！看到了！」巴圖的聲音，顯得十分急促：「我正在想，如果能夠將他活捉的話——」

巴圖在講那句話的時候，顯然還只是調謔性質的。

但是他的話，卻令得我的心中陡地一動，我忙道：「這是一個絕妙的主意。」

巴圖轉過頭來望着我，他的套在圓形透明罩中的臉上，現出了一種十分難以形容的神情來，好像他是望着一個瘋子一樣。

我重複道：「巴圖，我們活捉他，如果我們可以活捉他，我們一定可以佔上風，他們曾對我說過，在他們的星球上，生命極之寶貴，和我們地球人將生命看得如此之低，截然不同，如果我們捉到了他，並使他的生命受到威脅，那就對我們有利！」

巴圖道：「這倒的確是一個好主意，可是該如何下手？」

我道：「必須等他從那件『白衣服』中走出來時再下手，希望他會再度走出來。如果他穿着衣服，那我們無能為力，這件衣服，對他有絕對的保護作用。」

巴圖道：「那還必須他向我們接近，才有辦法！」

那「白衣人」在我們討論要活捉他之時，竟真的向我們飄過來了！

我忙道：「千萬不能讓他發現！」

巴圖立時向旁移去，我跟着他，我們迅速地移近了一叢濃密的昆布之中，有一隻很大的章魚，本來是匿在昆布叢中的，由於我和巴圖突然闖了進去，那隻章魚的身子一縮，倒射了出來。

那「白衣人」離得我們更近，而那隻大章魚，卻是向着那「白衣人」直射了過去的。

那白衣人的來勢突然止住，那條大章魚卻還在直撞了上去，突然之間，我們都清晰地看到，白衣裂開，兩條觸鬚直甩了出來。

巴圖連忙舉起了槍，我按下了他的手臂：「不，我們要活捉！」

那「白衣人」的觸鬚，和章魚的觸鬚不同，它黑而直，並不是如同章魚觸鬚那樣，前尖後粗，而且，它顯然更有力。

因為，那兩根黑色的觸鬚，一伸出來，攪起了一陣水花，便已重重地擊在那條大章魚的身上，大章魚一受到了攻擊，身子立時縮成了一團，但是牠的身子，卻像是深水炸彈一樣，向後倒退了回來。

也就在那一剎那間，我們看到「白衣」整個裂開，那「白衣人」（我只好這樣稱呼他，雖然他全身找不出一點人的樣子來）也向前疾追了過來。

我們離大章魚和那「白衣人」只不過二十碼，因為我們可以將那「白衣人」看得再清楚也沒有。

那「白衣人」在海水中行進的速度之快，出人意料，當那條大章魚的身子，剛擠進了一個恰好可供牠容身的巖洞之後，那「白衣人」便追了上來。

章魚的八條強有力的觸鬚，和「白衣人」的觸鬚一齊揮動着、糾纏着，看樣子，那「白衣人」像是想將這條大章魚硬拖出洞來。

鄰近的海水，被他們弄得氣泡不斷地向上升，我們都為這種驚心動魄的爭鬥，驚得呆住了，我們相信已經失去了好多機會，我才陡地省起：「巴圖，這是我們下手的時候了！」

巴圖道：「可是，怎麼下手？」

「有網麼？」

「有，網連結在潛水器之上。」

我大喜：「再那再好也沒有了，我們合力將網罩下去，然後，讓潛水器帶着網向前駛去，我們再跟在後面，這樣更容易成功！」

我們游出了那一大叢昆布，到了珊瑚礁的另一邊，潛水器正停在那裏，我們將潛水器的速度，調整到了最高的一檔。

然後，我們伏在潛水器上，向那「白衣人」游去。當距「白衣人」只有十碼左右的時候，那「白衣人」顯然發覺身後有什麼東西在向他襲來！

他突然一個轉身，放棄了那條大章魚。

我們都看到，那「白衣人」正面地向我們箭也似疾地射來，我們更可以看到他身上那兩排發出藍色的光芒的「眼睛」。

也就在那一剎那間，巴圖的手指，用力按下了漁網的發射器，一陣水花迸處，強力的發射鉤，將一張本來是用以捕捉最兇惡的虎鯊的網，張了開來，向那「白衣人」當頭罩了下去，而且，立即收緊！

我們兩人也在那一剎那間，一齊鬆開手，任由潛水器在無人操縱的情形之下，急速地向前，直射了出去。

第十一部

俘虜了一個外星人

我們看到那「白衣人」在網中竭力掙扎着、扭動着，以致潛水器在前進的時候，尾部的水花，大得像是一朵白雲一樣。

我們兩人心中的興奮，難以形容，我們緊緊地握着手，然後向前游去。

在我們游出了幾十碼之後，潛水器去得更遠。

若不是潛水器的尾部有着因「白衣人」竭力掙扎而生出的那一大團水花，那我們一定看不見那潛水器。

又游出了十來碼，我們來到了那件「白衣」的旁邊。

巴圖一伸手，拉住了連接在衣袖上的手套，拉了那「白衣」，一起向前游去。

我急於想追上那「白衣人」，而帶着這樣一件衣服，顯然減低速度，於是我道：「巴圖，抛開它！」

巴圖卻提醒我道：「不，你曾經說這種人一直是穿着這種『衣服』的，我想這『衣服』對他，一定有特別的作用，我們已捉到了俘虜，不能過分虐待他，所以帶着這件『衣服』可能有些用處。」

我道：「你的打算固然好，可是我們快追不上那具潛水器了！」

巴圖笑道：「你放心，向前去，是橫亙在前的一大片珊瑚礁，還有不少是露出水面的，潛水器一定在那裏受到攔阻。如果有咖啡的話，我們慢慢地喝上一杯再去不遲！」

我聽得他這樣説，心中放心了不少，我不反對他帶着那件「白衣」，反而抓住了另一隻「袖子」，向前游去。

那件「白衣」並不沉重，我從它中間的裂口處望進去，發現那件「白衣」，簡直和小型的潛艇差不多，在「衣服」的內邊，有許多按鈕和儀器。

當我第一次見到「白衣人」的時候，我以為那只是一個人，穿着一件異樣的白衣而已。但到如今，我才知道，實質上，是一個異樣的生物，躲在一個人形密封的裝置裏面！

因為那件「白衣」，的確像一個小型的太空船，當「白衣人」走動之際，只不過是「白衣」下面的小輪在轉動而已，而我以前，還以為那是白衣太長，蓋住了人的雙腳！

「白衣人」的身子並不大，他大約只有四呎來高，在那件「白衣」之中，有着相當的活動餘地。我們一面觀察着那件白衣，一面盡力向前游去，半小時後，我們看到了那一大片珊瑚礁。

凡是珊瑚礁集中的地方，海水也必然特別明澈，有如透明一樣。

那一大片珊瑚礁，橫亘在前，足有三哩長，而當我們游得更近之際，我們都看到了我們的那具潛水器，它果然被珊瑚礁攔住了去路。

我們也看到了那張網，網中那個「白衣人」仍然在掙扎着。

但當我們愈來愈接近的時候，他卻靜了下來。

我和巴圖一齊用力划了幾下，游了過去，我們站在珊瑚礁上，直起了身子，胸部便已出了海水，我們用力地拖着，將網拖了起來，向珊瑚礁的高處，走了十來步，等到我們的足已浸不到海水之際，那個「白衣人」也完全被我們拖出了海面。於是我和巴圖兩人，第一次在太陽光之下，看清楚了那來自別的星球的生物。

我不能說他醜惡，因為他來自別的星球，他看我們，也一定同樣感到噁心。但是我看了他一眼之後，卻再也不想看第二眼！

巴圖的感覺，顯然是和我一樣的，我們兩人都轉過頭去，我除下了頭上的圓罩：「你，是我們的俘虜，你可明白什麼是俘虜？」

那「白衣人」發出了一陣音節十分快的聲音。那毫無疑問是一種語言，而有別於野獸的叫嚷，但是我們卻一點也聽不懂。

這時候，我們又聽到了「啪啪」聲，我們不得不轉過頭去，我們看到他的一條觸鬚，自網孔中伸出來，正在拍打着那件也被我們移上了珊瑚礁的白衣。

我道：「巴圖，看來他想要回他的衣服。」

巴圖忙道：「那怎麼行？他如果一有了『衣服』，要對付我們，太容易了。」

我苦笑道：「可是如今他講的話，我們一個字也不懂，我相信在『衣眼』中有着通譯的儀器，那麼，我們可以和他開談判，你以為怎樣？」

巴圖老實不客氣地道：「我認為你太天真了，他回到了衣服中，何必再和我們談判？」

我偶然一低頭，只見到有一條觸鬚正在漸漸地接近巴圖的足踝，我忙道：「小心！」

巴圖縱身一跳，跳開了四五呎，他恨恨地道：「你看，還要將『衣服』還給他麼？」

「可是，不那樣，僵局沒法打開。」

「我有辦法，」巴圖揚了揚手，道：「你將手中的魚槍對準他，人盡可能匿在珊瑚礁之中。」

「那你怎樣呢？」

「我？我胡亂地去按他『衣服』中的各種掣鈕，其中總有一個可以使他的同伴知道他已然遇了難，而趕來救他！」

我呆了一呆：「他的同伴來了，我們豈不要糟糕？」

巴圖笑了起來：「你可別忘了，我們的手中有王牌啊，這是人質，而你手中的魚槍，又正對準了他，那怕什麼？」

我道：「你肯定我手中的魚槍可以致他於死命麼？」

他道：「我想是可以的，你看，魚槍才一對準了他，他的眼光，你看看。」

我轉過頭去。這時我手中的魚槍錚亮的尖簇正對準了那「白衣人」，那「白衣人」寶藍色的眼光，變得更加明滅不定。

我和巴圖兩人，其實都不能確知他的「眼睛」光芒明滅不定是不是真的表示恐懼，但是我們除非讓他進他的「衣服」去，否則，是只好採取巴圖的辦法了。

我點頭道：「好，你就去亂按鈕吧。」

巴圖走到了那件豎立在珊瑚礁上的「白衣」之前，伸手進去，按動着裏面的按鈕，那在網中的「白衣人」則仍然在不停地說着什麼。

約莫過了一分鐘之久，我和巴圖兩人，都不由自主，失聲叫了起來。

因為，有四個白衣人已冒出了海面！

巴圖在尖叫之後，立時大聲道：「別接近我們，要不然，你們的同伴，就會喪命。」

那四個頭部已出了水面的白衣人，果然不再前進，只聽得其中的一個道：「你們很了不起，你們兩人，實在很了不起！」

我用力將魚槍對準在網中那「白衣人」，唯有使這個白衣人的生命受到威脅，才能保障我們的安全。我不敢有絲毫疏忽，是以我並不講話。

巴圖的回答十分得體，他道：「你們說得不對，並不是我們了不起，而是你們使我們變得了不起，你們想佔據我們的星球，這使我們非了不起不可！」

那幾個「白衣人」又向前走前了兩碼，他們的半邊身子，都在海水之上了。

巴圖再一次嚴重警告：「如果你們再向前逼近一呎的話，那麼我們立即下手！」

那領頭的「白衣人」發出幾下難聽的笑聲：「好，我們就站在這裏，請問，你們要什麼樣的條件，才能釋放我們的同伴？」

這一問，令我和巴圖兩人，盡皆一呆。

那「白衣人」又道：「我們不以為你們知道我們是什麼人，你們早已忘了，是不是？」

我沉聲叫道：「巴圖！」

巴圖立時向我走來，我將魚槍交給了他，由他去繼續瞄準在網中的那個白衣人，然後我走向前去：「你們完全錯了，我什麼都記得，一點也沒有忘，你們使我記憶消失的手術失敗了！」

接着，我便舉出了幾件在他們總部中所發生的事情，以及揭露了他們想毀滅地球人的陰謀。

那「白衣人」不斷地道：「這怎麼可能？你腦膜上記憶細胞已被凝結，你不可能記得這些事的。」

我「哈哈」大笑：「可是我卻記得！這證明你們的手術失靈，或許你們對地球人的研究還不夠，你們自以為靈的手術，其實一點用也沒有！」

「白衣人」苦笑了一下，「也許。」

我們之間，沉默了半晌，「白衣人」道：「現在，我們要得回我們的同伴，你想怎樣？」

我緩緩地道：「可以，條件是：你們立即離去，離開地球，再也不許動地球的腦筋，去找別的星球，作為你們移民的對象。」

那「白衣人」不出聲，我回頭望了望巴圖，巴圖面上的神色，表示他的心中也十分緊張。我當然也很緊張，因為我知道對方接受我這個條件的可能性，微之又微，我等了約兩分鐘，才聽得「白衣人」道：「沒有可能，我們對地球已作了長時期的研究，而且我們已做好了一切準備！」

他頓了一頓，又道：「而且，我們揀中了地球，也有原因，地球人自古以來，就熱中於自相殘殺，總有一天，地球人會自相殘殺到一個也不剩，就像一個患了癌症的人，我們只不過使一個遲早要死的人早一點死去，而且，還可以使地球人少受許多痛苦！」

我冷冷地道：「不論你說得多麼堂皇，即使就是你所舉的例子那樣，殺死一個患癌症的人，也要被判死刑。」

他道：「你堅持要我們中止計劃？」

我點了點頭：「是！」

「白衣人」道：「那我們說不攏，向地球的移民，是我們星球歷時多年的一個決定，這是極重大的一件事，我們在作出這場決定之初，曾經預算會有一場戰爭，犧牲一個人，在我們來說固然痛心，但只好犧牲！」

我心中感到了一股寒意，我們制住了他們中的一個，想和他們談判，最重要的一點，就是我們自以為抓住了他們不想犧牲一個人的弱點！

可是如今，在那「白衣人」的話中，卻已表明，在必要犧牲的時候，他們不怕犧牲！

他們既然不怕犧牲，那我們制住了那個「白衣人」，還有什麼用？

我的手心中已在冒冷汗，海風吹來，也似乎格外地冷，我還想挽回：「我不相信你們肯犧牲這個人！」

那「白衣人」的回答，更令我喪氣，他道：「我們星球上，自從克服了一種最致命的病症之後，已有許久未曾有過死亡，但是移民勢在必行，我們，八個人從自己的星球出發，到地球上來，抱着必死之心前來，叫你的朋友放開魚槍，不必要的犧牲，對你們，對我們，都絕無好處。」

我後退了幾步，來到了巴圖的身邊。

巴圖的面色可能比我的更難看，他的手已幾乎握不住那魚槍，終於，他的手向下一垂，他手中的魚槍，「啪」地一聲，落在珊瑚礁上。

我也沒有俯下身去將魚槍拾起來，他們不怕犧牲，任何的威脅，都不起作用，只有怕犧牲的膽小鬼，才會對各種各樣的威脅怕得要死。

那四個「白衣人」以極快的速度上了珊瑚礁，自一個「白衣人」的「手」部，射出了一股光束來，將網弄開，另一個「白衣人」則將那件「白衣」取了過來，那章魚也似的東西，立時鑽進了「白衣」之中。

兩個「白衣人」連忙護送着那「白衣人」先沒入了海水之中。

還有兩個「白衣人」，則仍在珊瑚礁上，對着我和巴圖兩人。

我們對峙了相當久，一個「白衣人」才走向前來，伸手在我的肩頭上拍了一下：「我想，我們可以成為朋友。」

我尖聲道：「你和一個你將要殺死的人做朋友？而我又會和一個將要殺我的人做朋友？你是什麼意思？」

或許是由於我講話的聲音太尖利了，是以引得那「白衣人」多少有點不安，他後退了一步，才道：「這就是所謂悲劇！」

我根本不去理睬他，他又道：「我想，你們兩位，至少可以接受一項邀請，你們是不是肯來參觀一下我們的基地？」

巴圖冷冷地道：「有什麼好參觀的？」

那「白衣人」道：「那或許可以使你們知道，以地球人的能力而論，想和我們作抗拒，絕不可能，而且，你們也可以了解我們的一片苦心，我們實際上已有了毀滅地球人的辦法，這辦法是我們一到地球便有的，但因為這辦法要使地球人受到極大的痛苦，所以我們才不願意使用它。」

我突然忍不住而大笑了起來：「多麼慈悲為懷啊！」

「你可以嘲笑，但我們所說的是實情。」白衣人的聲音雖然是通過了傳譯儀才能使我們聽懂的，但是我們也聽得出他的聲音，相當誠懇，「你們應該接受這個邀請。」

巴圖微笑道：「到了你們的基地之後，就可以再被你們施行失憶手術？」

那白衣人的回答，倒是出乎我們意料之外的，他道：「我們並沒有這個打算，尤其是對於他——」

他講到這裏的時候，向我指了一指，又道：「我們已在他的身上，失敗了兩次，當然不會再去作第三次嘗試。」

巴圖又道：「那麼，你們可是準備將我們軟禁起來？」

白衣人道：「為什麼你總是想到我們不懷好意呢？」

這一句話，令得巴圖陡地發作了起來，他先罵了五六句極其粗野難聽的粗語，然後才道：「你們懷好意，你們好心到要殺死地球上所有的人。」

白衣人一字一頓：「是的，我們從來也不否認這個企圖，但是我們的企圖，基於一個前提，地球人終將全部死光，而且死得極其痛苦！」

巴圖咆哮道：「放你的狗臭屁，那是地球人自己的事，就算地球人總不免要全部死亡，那也是地球人自己的事，與你們有什麼相干？」

白衣人道：「當然有相干，非但和我們有相干，還和許許多多星球上的高級生物有相干，地球上的人類有權自己毀滅自己，但是你不能說地球上的人類在毀滅自己的同時，也害死他人，這就像一個人可以自己用炸彈炸死自己，與人無尤，但如果他在鬧市之中炸死自己，同時也損及別人的話，那一定會受到制止。」

巴圖厲聲道：「你別再在這裏嚇人，地球人的自我滅亡，與你們這些遠在好幾十萬光年以外的八爪魚，又有什麼相干？」

白衣人的聲音卻十分平靜：「這個問題，先生，我和你講，你也不明白，不錯，整個宇宙中，有着億萬星球，地球是其中極其渺小的一個，但是它卻也是宇宙中的一分子，和其他的星球有着互相牽引連帶的關係，這就像一架飛機中，有着數以萬計的零件，其中一個出了毛病的話，飛機就失事了。」我和巴圖兩人都沒有出聲，因為白衣人的那種説法，的確不容易辯駁。

白衣人續道：「我們估計，地球人的毀滅必然是在一場驚人的核子戰爭中發生。最後核戰的結果，不但地球上的生物完全毀滅，而且地球也會分裂，成為無數團溫度高達數百萬度的核子汽團，在宇宙中亂衝亂撞，而且，由於地球消失的緣故，整個宇宙的平衡，也就消失。」

白衣人講到這裏，略停了一停：「首先是太陽系的星體，失掉了原來運行的規律，它們將會相撞，而相撞的結果，是導致太陽系星球的毀滅，然後，反應像水圈一樣向外擴展，終於將會波及整個宇宙，你說，我們能夠坐視不理麼？」我和巴圖互望了一眼，仍然不說話。而巴圖心中的怒意顯然已消失了，我可以看得出來，代之而起的是沮喪。

我想了一想：「你的話，只是片面的。」「白衣人」又道：「我們不妨坦白地說，邀你們前去的目的，是想你們去看一下我們的科學發展程度，從而使我們考慮選擇一部分地球人，做別的星球的移民的可能性！」

巴圖和我，立時明白了他的意思。他是想將地球人分為兩大類，一類是該死的，一類是不該死的。

然後，地球仍由他們來佔據，而不該死的那一類，便由他們相助移民到另一個星球中去。

看來他們好像已退了一步。但是這只是他們的如意算盤，固然，他們認為該死的那些人，可能真是該死的，但是正如巴圖所說，這是地球人自己的事情，和他們一這些外太空的八爪魚有什麼相干？

但是我卻知道，至少他們暫時對我們不會有什麼惡意。

所以我用手碰了碰巴圖，然後道：「好的，我們可以去看看，我們怎麼去？

那「白衣人」道：「太簡單了！」

他轉身和另一個「白衣人」一起沒入海水之中，不一會，他們又浮了上來，我看不出他們的身邊多了什麼，但是當他們向我和巴圖漸漸接近之際，我卻看到似乎有一種什麼透明的東西。

接着，我只覺眼前閃起了一陣眩目的光芒。

在那一剎那間，我是什麼也看不到的。

我尖聲叫了起來，叫道：「巴圖！」

同時，我也聽得巴圖叫了我一聲，而等到我出了一聲之後，那陣光亮已消失了。

我呆了一呆，光亮消失之後，我仍有大約兩、三秒鐘的時間看不見東西，然後，我的視力恢復了，我看到巴圖在我的身邊，那兩個白衣人也在。

但是，我們卻已不是在露出水面之上的珊瑚礁上，而是在一間白色的房間之中，我可以肯定，前後只不過三秒鐘！

他們是使用什麼交通工具，把我們在那麼短的時間中移到？

我看到巴圖的神情，顯然他的心中，也有着同樣的疑惑。

那「白衣人」道：「請先來看看我們前來的交通工具。」

我和巴圖跟着他走了出去，經過了一個通道，來到了一個巖洞之中。

那巖洞向着海，有着一道十分窄的通道，我以為可以在這裏看到一座極大的宇宙船，但是到了巖洞之後，我實在看不到什麼。

然而，還未曾等我發問，一塊巨大的巖石，自動移開，另一塊大石升了上來，在石上，有一件橢圓形的東西。

那東西不會超過八呎長，大約兩個人可以抱得過來，是銀灰色的。

那「白衣人」已指着那雪茄形的東西：「這便是我們來到地球的工具，若干時間之後，這種工具，將會把我們的同類，大批大批地帶到地球上來。」

我強抑着心中的反感：「我記得你說過，你們的星球離地球十分之遠，那麼你們要飛行多久，才能到達地球？」

「白衣人」道：「這是一個你們地球人無法了解的概念，你們總是以時間來計算距離，你們有一個公式，時間乘速度，就等於距離。在地球表面上的運動，大體上來說，都可以用這一個公式來計算，然而，一出了地球，天體的運動，這個公式便不適用。」

我和巴圖都瞪着那「白衣人」，因為我們都覺得這傢伙是在信口雌黃。

那「白衣人」又道：「你們感到詫異，是不是？因為那超乎你們的想像之外。譬如說，有一個星球，距離地球六十萬光年，用你們的公式來算，那就是說，用光的速度來飛行，要六十萬年，才能夠到達那個星球。」

「難道不是那樣麼？」巴圖不服氣地反問。

「不是那樣，在我們來說，只要經過五個或者六個宇宙震盪，就可以到達。」

「什麼叫宇宙震盪？」

「那是宇宙間的一種震盪，十分難以解說明白，它是超乎時間、速度之外的另一種運動，這種震盪，可以改變時間，也可以改變距離，我們也未曾學會切實地掌握它，但是，我們卻已使我們的太空飛行工具，投入這種震盪之中，使得星與星之間，轉瞬可達。」

我和巴圖互望了一眼，我和他兩人都莫名其妙。

「白衣人」又道：「當然，要你們明白，十分困難，因為有一些名詞以及必要的解釋等等，地球人還都沒有這種語言可以表達，這就像現代的地球人，要向古羅馬時期的地球人解釋電視的原理一樣，絕難解釋得明白！」

他講到這裏，略頓了一頓，才又道：「我告訴你們這些，就是要使你們知道，地球人在地球上，雖然已是最高級的生物，但是在整個宇宙中，卻還極其低能，所以我們發現地球可以供我們居住，而要將地球人盡皆殺死，實在絕無不道德可言。這就像地球人發現一個山洞可以居住，而將原來住在山洞的動物趕走一樣，是天經地義的事情。」

巴圖冷冷地道：「可是我們是人，不是野獸，而且，你所說的什麼震盪，誰知道是怎麼一回事？你能立時回到你們的星球去，又再來？」

卻不料那白衣人竟立時點頭道：「可以的。」

巴圖道：「那好，你送我們到你的星球中去看看！」

「白衣人」搖頭道：「不能，你的身上，充滿了細菌，我們的星球上，消滅細菌已有許多年了，我們沒有疾病，也沒有死亡，如果你到了我們的星球之上，那你等於是千萬億個死神的化身！」

巴圖的兩道濃眉，在突然之間，向上揚了起來。

我和他在一起久了，知道他一有這個表情，就是他的心中突然想到了一些什麼重大事情的象徵。但是當時，他卻並沒有說什麼，只是隨口問道：「原來是那樣，那麼，這種飛船的動力是什麼呢？」

第十二部

無法回答的問題

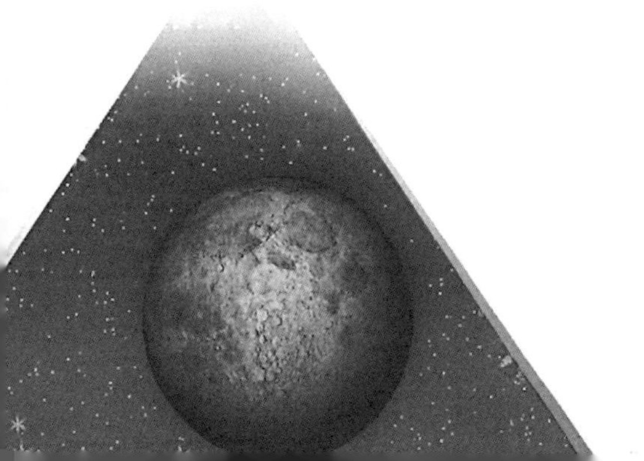

那個玻璃罩子，罩着一座儀器。

我很難形容出那儀器的正確樣子，大體上來說，它像是一座電子計算機，但是它有許許多多像普通飯碗那樣的半圓形的東西，正在緩緩轉動。

巴圖一直來到玻璃罩之前：「這就是麼？」

他一面說，一面用手指叩玻璃罩，發出「得得」的聲音，又問道：「為什麼用罩子罩着？」

白衣人道：「因為怕有什麼東西撞到了控制儀，一撞到，宇宙的震盪就可能和飛行船發生關係，飛行船就可能納入震盪的軌道之中。」

「那你們就回不去了，是不是？哈哈！」

白衣人也笑道：「那倒不至於，飛行船會在我們的星球上着陸，那樣，我們的星球又可以派新的船來接我們的。」

「原來如此！」巴圖繞着那玻璃罩不斷地轉動，像是對這具儀器表示很大的興致，他不但自己看，而且也拉着我一起看，他一面看着，一面還發出許多讚歎詞句來，而且還進一步言不由衷地道：「真是進步，地球人望塵莫及！」

然後，他又指着那儀器上一個白色的把手，道：「我猜這一個一定是總控制了，對麼？」

「白衣人」像是因為聽到了巴圖的讚歎而心中高興，是以語音十分輕鬆：「是的，我再帶你們去參觀別的設置。」

「好的，好的。」巴圖在忽然之間，變得十分合作起來。

「唉，你還不明白，它是沒有動力的，宇宙震盪會使它前進。」

「他媽的，」巴圖罵了起來，「它停在這裏，宇宙震盪就會將它帶走了麼？」

「是的，我們有儀器可以控制，它隨時可以離開地球。」「白衣人」又作了一個出乎意料之外的回答。

巴圖的悻然之色已然消失了，他像是對這個問題十分有興趣一樣：「我們是應邀來參觀的，那麼，我希望看看那個儀器，那控制宇宙震盪的儀器。」

「可以的。」

「白衣人」轉過身，向前走去，我和巴圖仍然跟在他的後面。在巴圖要求去看那控制宇宙震盪的儀器之際，我已經知道他的心中一定在轉着什麼念頭。

果然，我們才並肩走出一步，他使用肘碰了碰我的身子，我轉過頭去看他，只見他的神色十分莊重。

我呆了一呆。因為巴圖是一個天塌下來也不在乎的人，我認識他的時間不算短，未曾在他的臉上見過那麼嚴肅的神情。

而且，就在我開口想問他之際，他卻已然先開了口：「別問我什麼。」

我自然不再出聲，他既然叫我別問，自然有他的理由。那「白衣人」帶着我們經過了好多條走廊，才來到了一間房間中，那間房間的門推開之後，在門內的，是一個相當大的玻璃罩子。

仍是那白衣人走在前面，巴圖用極低的聲音，向我說了一句話。我的確是聽到他對我講了一句話，聲音很低，可是我就是沒有聽懂他在講什麼。

我呆了一呆，他又將那句話講了一遍。

這一次我聽懂了，巴圖這時和我講的，是屬於蒙古語系中的一種——達斡爾語。

這種只有達斡爾族蒙古人才用的語言，別族蒙古人也聽不懂，巴圖有蒙古人的血統，他對各種蒙古語，都有十分精湛的研究。而我對多種土語，都十分精通，當然可以與他交談。

由於他一直是在說英語，突然之間，講了那麼一句達斡爾語，是以我一時之間，腦筋轉不過來，等到他第二次講的時候，我自然聽懂了。

他在問我：「你知道我想到了什麼？」

在我聽懂了這句話之後，以下便是我和他兩人之間一連串的對話：

「我不知道，你想到了什麼？」

「我有了拯救地球的辦法。」

「什麼辦法，快告訴我。」

「你不聽到他剛才說麼？他們的星球上，早已沒有了細菌，如果我到他們的星球上去的話，那麼便等於是千萬死神的化身。」

「是的，你是說——」

「我去！」

「你去？」

「是的，他們要向地球移民，就是因為他們的人太多，我去了之後，帶去的無數細菌，必將令得他們的星球上，引起極多人死亡！」

「恐怕不能吧，他們這幾個人在地球上，總不能不和細菌接觸，為什麼他們不死？」

「那或者是他們接受了預防注射的緣故，而在他們自己的星球上，他們是早已消滅了細菌的，自然不會有任何預防的工作，就像我們，總不會有預防恐龍的設備一樣！」

「可是你怎麼去呢？」

「那太空船，我想我可以擠得進去，我一擠進去，你就打碎玻璃罩，我就出發了。」

「那你怎麼回來呢？」我追問巴圖。

「我？我沒有想到要回來。」

我們的對話，在這裏略告一段落，我聽到了巴圖的這一句話，我才知道他那莊肅之極的神氣，是由於他決定犧牲而來的。

過了好一會，他又對我道：「我現在所想的，只是一個問題，希望你能夠幫我回答！」

我的心中十分亂，我甚至沒有搭腔。

巴圖卻並不理會我的不回答，仍然道：「我只是在想，他們的話十分有道理，地球人的確是卑鄙、自私的，而且地球人也正在走着自我毀滅的道路，我是不是值得去救地球人呢？」

這個問題，我可以說是難回答到了極點。

如果我說值得，那我無疑是鼓勵巴圖有去無回，去作犧牲。如果我說不值得，那麼我豈不是等於說地球人該死，不必設法去挽救地球人的危機？

我苦笑着，不出聲。

巴圖的雙手，緊緊地握着拳：「你回答我，我是不是值得那樣做的！」

我仍然沒有出聲，過了好一會，我才道：「巴圖，你的問題，使我太難以回答了。」

他點頭道：「是的，我知道。」

他頓了一頓之後，忽然又道：「但是，我已經決定這樣去做。」

我驚訝地望着他：「為什麼？你心中的問題，已經想通了？」

巴圖徐徐地道：「我想已經想通了，我想到，地球人雖然有不少是極下流、極無恥的，但是何嘗又沒有高尚的、具有智慧的？」

我沒有出聲。

巴圖續道：「你想想，地球數千年的文明，可以說是智慧和愚蠢、正義和邪惡鬥爭的紀錄，這種交戰，在地球的每一個角落之間進行着，甚至在每一個人的內心之中進行着。當交戰正在進行之中，我如果斷定邪惡必然勝利，這不是太武斷了？」

巴圖的話，令得我心情激動起來，我忙道：「巴圖，你來掌握那控制儀，我到他們的星球去！」

巴圖緩緩地搖了搖頭：「當然不，你的牽掛太多，你有妻子，而我，只是一個人，我來歷不明，無牽無掛！」

我的心中，感到說不出來的難過，喉頭像是被什麼東西硬塞着。

終於，我道：「巴圖，放棄你那個念頭吧，你那個念頭，是一個傻瓜念頭。」

巴圖居然點頭承認：「不錯，我的念頭是一個傻瓜念頭，可是你還有比我這個傻瓜念頭更好的主意沒有？我想你沒有了。」

在我們前面的「白衣人」，轉過身子來：「你們在交談些什麼？」

我忽然道：「我們在討論一頭老鼠，你知道地球上有這種動物麼？」

「白衣人」的聲音，多少有點異樣：「當然知道，這是極其可怕的動物——你們討論及老鼠，究竟是什麼意思？」

我和巴圖互望了一眼，因為我們都聽出了「白衣人」聲音中的異樣。

於是我將聲音裝得格外平靜，我道：「沒有什麼，只不過我們剛才看到，有一頭老鼠正在腳前奔過，我們正在奇怪——」

我的話還未正式講完，出乎我意料之外的事情便發生了。我當然沒有看到什麼老鼠，而我之所以這樣講，目的是試一試「白衣人」對老鼠有什麼反應。

但是我絕未料到反應竟來得如此迅速、如此強烈！

那「白衣人」的身子，突然向上，飛了起來，那真是飛起來，事實上，他們的那件「白衣」，根本是一件萬能的飛行囊，裏面有着各種各樣的按鈕，可以操縱它來作各種用途的。

但是，他卻立即落了下來，他以極快的動作，伸「手」握住了我們兩人的手臂，失聲道：「真的麼？可是真的？」

巴圖立時向我使了一個眼色：「看錯了，是我踢到了一塊石塊，看來和老鼠差不多！」

我連忙接口道：「正是，光線不夠強，而且，接觸的全是白色的，刺激眼膜，生出幻像來了。」

那「白衣人」鬆開了我們，又呆立了一會，才轉過了身去。我試探着問道：「你們對老鼠，似乎有着特殊的……不滿，是不是？」

我本來是想說「特殊的恐懼」，但是我想了一想，覺得還是說「不滿」，比較好些。

那「白衣人」倒十分坦率：「是的，但其實我們也不必怕牠的，我們的保護罩，可以防止任何有害物體的侵襲。」

巴圖接着問道：「那麼，你們怕老鼠，為什麼呢？」

那「白衣人」道：「並不是怕老鼠本身，而是寄生在老鼠身上的細菌，許多細菌，在每一隻老鼠——不論何等種類的老鼠身上都有，而那些細菌，就是，在許多年前，在我們的星球上造成大死亡，幾乎使我們絕種！細菌能在一秒鐘之內，令得我們身內主要的生長素失效，快得使人難以防禦！」

我和巴圖又互望了一眼。

我忽然想及的「老鼠」，竟會有這樣意想不到的效果！

我又問道：「那麼，你們後來是怎麼制止細菌猖獗活動的？」

「白衣人」道：「首先，是保護罩，如同我身上的一樣，但形狀有所不同，我們身上的是根據地球人的樣子來製造的。保護罩使我們保存了百分之一的人，然後我們利用一種射線，將這細菌消滅。我們在地球上，不敢暴露在空氣中，在我們還未消滅地球上對我們有害的細菌之前，我們只能在海水中展露身子活動一下，被你們硬拖到空氣中的我們的伙伴，將會受到傷害，但幸而海上的空氣十分乾淨，所以你們才不至成為兇手。」

巴圖忍不住笑了起來：「原來你們這樣弱！」

「你錯了，我們已戰勝了細菌。」

「可是你們仍然得人人罩上保護罩。」

「那是因為我們在地球上，你以為我們在自己的星球上，也是那樣麼？」

那「白衣人」講到這裏，又推開另一道門，讓我們去看這間房間中的科學儀器設備。

但是我和巴圖兩人，對於那些稀奇古怪的儀器，卻再也不感興趣了。因為這時，我們已然得到了一個結論，那便是：只要我們能將一頭老鼠，送上他們的星球去，那麼，就可以對這些八爪魚一樣的高級生物，造成極大的損害！

但是，我們面臨着的困難是：我們從什麼地方，去弄得一頭老鼠呢？

巴圖顯然也在同時，想到這一個問題了，他輕輕地一碰我：「我們可能離開幾天再回來麼？」

我道：「去捉一頭老鼠再來？我看不大可能，我想——」我在講「我想」

這兩個字的時候，實在我還未曾想到什麼的。

但是，那兩個字一出口，我卻突然想了起來，我忙踏前一步，向那「白衣人」道：「我們已參觀了你們的許多設備，但是未曾看到你們對地球上生物的研究，難道你們沒有從事這項工作？」

我的希望是：他的回答是「有的」，那麼他將會帶我們去這種實驗室其中有幾頭老鼠，也不是什麼特別出奇的事。那麼，我們便可以動腦筋，在實驗室中，偷一頭老鼠來應用。

可是，「白衣人」的回答，卻使我失望了，他道：「當然有的，但是這種研究工作，我們都是在原地進行的，而且，現在已經告一段落！」

我大失所望，只好再試試巴圖的提議：「那麼，我想知道一件事，你帶領我們來參觀你們的設備，目的究竟何在呢？」

「白衣人」站定了身子：「我想在你們看到了我們的實力之後，你們應該打消阻止我們行動的念頭。」

我冷冷地道：「如果你以為我們就會坐着等死，那未免太可笑了！」

「白衣人」道：「事實上你們非如此不可，如果你們離開這裏之後，再想對我們發動大規模的進攻，那就等於迫使我們對地球人提早行動，而由於十全十美消滅地球人的辦法，還在研究階段，是以提前實行的結果，便是使地球人遭受極大的痛苦！」

他一面說着，一面又推開了一扇門，道：「請你們看看這裏。」

這一間房間十分大，至少有三千平方呎左右，在房間中，是許多根銀白色的管子，向上通出去，穿過天花板，不知通向何處。

而在那些管子的基部，則是一個巨大的圓球，直徑大約七呎左右。

我和巴圖都莫名其妙，齊聲問道：「這是什麼？」

「這就是我們現階段可以消滅所有地球人的武器，只要我們的總控制室中一按掣鈕，那麼，大量的輻射線便會散佈全球，那情形就像是每一個人都處在同初級原子彈爆炸的附近一樣，受輻射線所灼傷，要受極大的痛苦而死去！」

我還未曾講什麼，那「白衣人」又道：「而你們兩人，如果不輕舉妄動，那麼我可以向你們保證不用這種辦法，而一種全無痛苦的辦法，是一定可以研究出來的，你們如果不信，可要看看一頭老鼠，如何在這種輻射線中死亡的痛苦情形麼？」

「一頭老鼠！」這一次，是我和巴圖兩人叫了起來。

「是的，為什麼你們如此驚奇？」

「噢，沒有什麼，」我連忙掩飾着，「我是以為這裏不應該有老鼠的。」

「我們只不過拿老鼠來做試驗，事實上，我們是大可以用地球人來做試驗的，但是我們卻不想地球人多受痛苦，請你相信我們對地球人的善意——地球上的人類，終於將在自相殘殺中，在極大的苦痛中全部消滅，而我們可以使地球人免於這種痛苦。」

老實說，要我們相信他們，對地球人的「善意」，那簡直是絕不可能的事，於是我們根本不置可否，只是道：「我們願意看老鼠痛苦死亡的情形。」

那「白衣人」道：「好的，請進來。」

他向房間中間走去，站定了身子，然後，一定是通過了「白衣」之中的控制鈕，他進行操縱，在地上，有一具正方形的控制臺，升了起來。

在那座控制臺上，有着一隻相當大的玻璃盒，在那隻玻璃盒中，約有二十頭黑色的老鼠，尾粗而亮，身大而肥，是所有老鼠之中，最令人憎厭的一種。

我看到那些老鼠，便笑了起來：「你們是怎麼捉到這些老鼠的？」

「白衣人」道：「這全是受我們僱用的地球人，接受我們的命令，捉來給我們的。」

「白衣人」又轉頭望了我一眼：「我們在保護罩裏面，什麼都不怕。」

我道：「當然，你不必以為我會捉出一頭老鼠來嚇你，但是我卻先要檢查一下這些老鼠，以免你們先給老鼠服食了什麼毒藥，然後再來誇張什麼輻射的威力。」

「白衣人」略為猶豫了一下：「好的。」

我走向前去，在我要求「檢查」一下那些老鼠的時候，我就決定要偷一隻。這隻玻璃箱中有二十多隻老鼠，有的擠在一起，有的正在上下奔竄，我不相信我偷了一隻之後，便會被「白衣人」發覺。

我來到了控制台之前，那玻璃盒的盒蓋，便自動打了開來，我伸手進去，箱中的老鼠，都縮向一角，我奇怪他們為什麼不跳出來，我的手在老鼠堆中搞着，終於，我抓到其中一頭較小的。

我的身子，就靠在那玻璃箱，我如果將那頭老鼠，從玻璃箱中提出來，「白衣人」看不到，但是將之提出來之後，放在什麼地方好呢？

我略想了一想，身子微微側了一下，那時，我和巴圖兩人，都還是穿着潛水時穿的橡皮衣的，這種橡皮衣，大多數在身側都有兩個袋。一個是放鋒利的匕首，給你在潛水時遇到鯊或是別的什麼兇惡的東西時用的，另一個袋相當大，是放雜物的。

我已經想好了，那一個袋用來放這頭老鼠，當真天衣無縫。

我一側身之後，用極快的手法，將那頭老鼠，塞進了那橡皮袋之中，然後，我後退了一步，道：「我檢查過了，那些老鼠，全都和我一樣健康！」

在我退後來時，「白衣人」向前，走了過去，我來到巴圖的身邊，巴圖向我眨了眨眼：「得手了？」

我道：「得手了。」

巴圖忙道：「給我，我先將它放在飛船中去，然後你再設法去發射火箭。」

我搖頭道：「我去放好了。」

當我在想到「我去放好了」之際，我絕不是想避免危險，因為不論是將老鼠放入火箭，或是去偷偷使用控制器，確是十分困難和危險的事情。

而這時，我之所以要去將老鼠放入太空船去，是因為我不想將老鼠轉手，引起那白衣人的注意之故。巴圖也沒有反對我的意見，他道：「那你去吧。」

我有點為難：「用什麼藉口離去呢？」

巴圖道：「小便！」

我呆了一呆，這幾乎是近於兒戲了！

但是，這卻又的確是我暫時離開的一個好藉口。

於是，我大聲道：「巴圖，你在這裏看着那些老鼠我出去一回。」

「白衣人」立即道：「你到哪裏去？」

我十分鎮定地笑了一下，道：「我想你對地球人的研究還不夠，你想我到什麼地方去？我不以為你們這裏有廁所。」

「白衣人」不再說什麼，而我竟然就這樣走了開去。一出了這間房間，我立即加快了腳步，我順着甬道，向前匆匆地奔去，我沒有遇到什麼人，在這裏，他們一共只有八個人，而這些人一定都忙於他們自己的工作，所以我一個人也沒有碰到。

當我終於來到了那個飛行體的時候，我心頭劇跳，我們的計劃是不是可以完成，就全靠我是不是能夠將那頭老鼠放進這飛行體之中！

我先繞着那飛行體轉了一轉，發現在一端有一個可以開啟的門，我在那門上摸索着，按下了幾個掣。在我按下了第三個掣鈕之際，那扇門打了開來。

這時，我的心中更緊張了，緊張得我伸手入袋之際，竟似乎抓不到那頭老鼠。

我勉力鎮定心神，終於捏得那頭老鼠吱吱地叫着，然後將牠放進了那飛行體之中，將門關上，便迅速地向前，奔了出去。

我一面奔出，一面發出極大的聲音，叫道：「巴圖，巴圖！」

我是想巴圖知道，我的行動已然完成了！

我聽到了巴圖的回答，在我一面向前奔、一面大叫之際，有好幾扇門打了開來，被打開的門中，都有「白衣人」站在門口看着我。

我必須替巴圖製造機會，我大跳大叫，我的樣子，十足像是中美洲土人的巫師一樣，我在地上打滾，發出種種怪異的聲音以及怪異的動作。

那些站在門口的「白衣人」被我所吸引，不再站在門口，而是向我走了過來，他們圍在我的身邊，我一面滾着，一面數着他們的人數。

在我身邊的一共是六個白衣人。

他們一共是八個，其中一個，可能因為被我和巴圖拖出了空氣之中，是以正在治療和休養。而還有一個，當然是陪着巴圖的那個了。

我必須繼續維持我的怪動作，直到那一個也來到為止。我跳了起來，向一個「白衣人」撲了過去，我雙臂勾住了那「白衣人」的「頸」，雙足在他的「身」上，用力地亂踢着，一方面，我仍然不斷地發出可怕的怪叫聲。

這樣的現象，約莫維持了兩分鐘，我所期待的那一個「白衣人」來了。看來，八個白衣人中，只有那一個是可以和我們通話的，他才趕到，便叫道：「停止，停止，你在幹什麼，快停止！」

我跳了下來，喘着氣：「你怕什麼，我又沒有法子傷害你們的，你們想要消滅所有的地球人，難道反倒怕我麼?太可笑了！」

那「白衣人」向前走來：「好了，你們可以回去了，在你們離開這裏之前，我必須再提醒你一件事，我剛才對你講的那一番話，希望你不要忘記，你別迫我們採取極端的手法。」

我「啊」地一聲：「我倒忘了，你的所謂極端的手法，究竟可以造成什麼樣的痛苦，我還未曾參觀哩！」

我這句話剛一講完，便聽得「轟」地一下爆炸聲，傳了過來。隨着那一陣爆炸聲的，便是一陣十分異樣的碎裂之聲。

再接着，在我身後——也就是我剛從那裏來的巖洞的方向，傳來了一下驚人的震動。

那一下震動給人的感覺，十分特異，它並沒有聲音發出來，我可以發誓，一點聲音也沒有，但是那卻是極之劇烈的一次震盪，我的身子幾乎因之站立不穩！

而那七個「白衣人」，他們的身子，也搖了一搖，那「白衣人」發出了一下憤怒之極的聲音。他們不約而同向前迅速地移動着，奔向那出事的巖洞。

我呆了一呆，站穩了身子，我看到巴圖向我奔了過來，我連忙迎了上去，巴圖的神色，極之倉皇，他一見我，便道：「怎樣了？怎樣了？」

我忙答道：「我想我們已經成功了，你，怎樣了？」

巴圖道：「我們快設法離開這裏。」

我道：「你可是受傷了麼？」

巴圖搖着頭，但是他的樣子，卻實在像是受了傷，但是從他向前奔出的那種速度來看，他卻又不像是受了傷，我跟在他的後面，向甬道的一端奔去。

我們很快地使到了通道的盡頭，那裏有一扇門在，我和巴圖兩人，合力將之拉開，但是那卻並不是我們想像中的出口，而是另一間銀白色的房間。

這時，那幾個「白衣人」所發出的聲音，已然傳了過來，我們除了暫時先躲上一躲之外，沒有選擇的餘地了。

是以，我立即關上門，巴圖在房間中團團亂轉，我又忍不住問道：「巴圖，什麼事？」

巴圖苦笑了一下道：「剛才，剛才我在炸毀那玻璃罩、按動宇宙震盪的控制鈕的那一剎那間，我以為我一定再也見不到你了！」

我知道巴圖一定經歷了非同小可的驚險，但是前後只不過是那麼短的時間，他究竟經歷了一些什麼呢？我心中實在納罕。

但是，我還未曾問出來，已聽得門外傳來了那「白衣人」的聲音。那「白衣人」的聲音是十分憤怒的，我們都聽得他道：「你們快走！我們實在再不願見到像你們那樣卑鄙的生物！」

我立時道：「我們也想離去，但我們如何離去？」那「白衣人」道：「你們按那個淺黃色的掣鈕，千萬別按其他的掣鈕。地球人實在太卑鄙了，破壞成性，你們的行動，全是未開化的生物的行動！」

巴圖想要和他爭辯，但是我卻搖了搖手，止住了他，同時，我已在門旁找到了那個黃色的掣鈕，準備伸手按上去。

然而，巴圖卻一伸手：「你相信他的話？」

我忙道：「我沒有理由不相信，因為聽他的話，他們似乎以為我們做了一件十分無意義的事，而不知道我們已做了一件大事。」

我講話的聲音不高，但是在門外的「白衣人」卻聽見了，他立時喝問道：

「你們做了些什麼？」

不等他這一句話問完，我一手拉住了巴圖，一手已向那個黃色的掣鈕上按了下去。

以後，我一直未曾明白我們是怎樣來的和怎樣離開的。當我按下掣鈕之際，我的眼前出現了一片極其灼亮的光芒，剎那間，我覺得我的人已不再存在！

然而，立即我的耳際傳來了轟隆的浪花聲，一個巨浪向我蓋了過來，我人在水中，本能地游動起來，當我在浪退去之後，浮出海面之際，我看到巴圖也在不遠處，向我游過來。

我們兩人互相揮手，叫嚷，漸漸接近，然後，又向看得到的陸地游去。

後來，我苦苦思索「白衣人」將我們「送」走，或是將我們帶到他們的總部中去，用的可能是和他們的太空飛行相同的辦法，那不是「飛行」、「運動」，而是一種和此類概念完全不同的移動，我們被一種神奇的不可知的力量，移到了另一個地方！我之所以會如此想的原因，是因為當我和巴圖兩人，爬上了那陸地之後——那是一個小島，我們遇到了一群在島上露營的男女。

他們口操法語，歡迎我們的「加入」，一問之下，我們才知道自己已來到了法國南海岸的一個小島之上！

而事實上，我們的神智都十分清醒，我們都清楚地記得，幾秒鐘之前，我們還是在那間白色的房間之中的。

我們借到了一艘快艇，上了岸，然後，輾轉又來到了馬德里。

那時，已過去了二十四小時了。

在那二十四小時中，我和巴圖，時時刻刻都害怕白衣人的報復，但是，地球上各處，卻都和平時無異。

我和白素取得了聯絡，白素趕來和我相會。那一天晚上，明月如晝，我和白素兩人，手挽手地沿着白楊林在散步，四周圍十分之幽靜。

忽然，白素向我道：「前面好像有一個人！」

我呆了一呆：「不會吧！」同時我也提高了聲音：「什麼人在前面？」前面的濃密的林子中，忽然傳來了一陣聲音，接着，一個「白衣人」走了出來。

白衣人！

這真使我緊張到了極點，我連忙伸手一拉，將白素拉到了我的身後，一時之間，實在不如該怎樣才好，我可以說從來也未曾這樣手忙腳亂過。

因為我知道，我的身手雖然不錯，但是要和那種「白衣人」對敵，我卻如同嬰兒，毫無防禦力量！而且，我又自己知道做了一件「好事」，如今「白衣人」找上門來，那自然是東窗事發了！

那「白衣人」直來到了我的面前，才道：「你不必驚惶，我們要回去了，你們的所作所為，已使我們星球上的人口，減少了五分之三！」

我覺得十分內疚：「你……不準備報復麼？」

「白衣人」搖頭道：「不，我們不會那樣做，現在，我們不需要向地球移民，但是你要記得，地球人總會自取滅亡，那時，將連星球本身也受到禍害，你或許可以看得到，或許看不到，你是對地球犯了罪，而不是做了好事！」

我聽得冷汗直淋，勉強答道：「如果地球人不再走自殺之路，那麼我所做的就有意義了。」

「白衣人」失聲道：「會麼？地球人會麼？」他一面說，一面已迅速地移了開去。

但是他的聲音，卻一直在我的耳際響着，直到今天，我像是仍在聽到那「白衣人」的聲音：會麼，會麼？

地球人會不再走自殺之路麼？會麼？

這是一個無法回答的問題。

（全文完）

衛斯理小說典藏版　57

紅月亮

作　　者：　衛斯理（倪匡）
責任編輯：　黎倩雲　　楊紫翠
封面設計：　李錦興
出　　版：　明窗出版社
發　　行：　明報出版社有限公司
　　　　　　香港柴灣嘉業街18號
　　　　　　明報工業中心A座15樓
電　　話：　2595 3215
傳　　真：　2898 2646
網　　址：　https://books.mingpao.com/
電子郵箱：　mpp@mingpao.com
版　　次：　二〇二二年八月初版
I S B N：　978-988-8828-03-6
承　　印：　美雅印刷製本有限公司